MINISTÉRIO DA JUSTIÇA
DEPARTAMENTO DE POLÍCIA FEDERAL

INQUÉRITO POLICIAL FAMÍLIA TOBIAS

SUPERINTENDÊNCIA REGIONAL NO ESTADO DE SÃO PAULO
DELEGACIA DE REPRESSÃO A CRIMES FAZENDÁRIOS

IPL Nº 0256/2016-1

TOMBO 2016

ISBN 978-85-66740-18-9
9 788566 740189

INCIDÊNCIA PENAL:
ARTIGO 339 DO CPB

INDICIADOS:

LOTE 42

Aos 18 do mês de abril de 2016, eu, JOSÉ ADÉLCIO FONSECA E SOUZA LIMA, Delegado de Polícia Federal, solicito a instauração de Inquérito para investigar caso de denúncia falsa com o objetivo de instaurar investigação policial, sem descartar outros delitos que os citados possam ter cometido para tanto. Que todos os órgãos competentes sejam acionados. Subscrevo e dou fé

RICARDO LÍSIAS

SERVIÇO PÚBLICO FEDERAL
MJ – DEPARTAMENTO DE POLÍCIA FEDERAL
SUPERINTENDÊNCIA REGIONAL EM SÃO PAULO
DELEFAZ/SR/DPF/SP

RELATÓRIO

Em resposta à denúncia encaminhada pela Notícia de fato nº 123. 376. 2373849/2016-46, empreendi oitivas e outras ações investigatórias cabíveis e apresento minhas conclusões e recomendações abaixo.

Ricardo Lísias denunciou os sócios da editora Lote 42 por infração ao artigo 339 do Código Penal Brasileiro. Em seu depoimento, João Cezar Varella, representando todos os sócios, afirmou que a denúncia ocorreu apenas no âmbito da ficção, o que foi posteriormente confirmado pelo próprio Ricardo Lísias, que manifestou inclusive desagrado pelo fato de ser obrigado a se apresentar pela segunda vez a uma autoridade policial por conta de suas obras ficcionais.

Em primeiro lugar, é fácil perceber que Ricardo Lísias envolveu a editora Lote 42 em suas questões, aliás sinal de sua personalidade doentia. Desde já, portanto, afasto a culpa da editora supracitada e reconvenciono o caso, destacando agora como suspeito o próprio acusador, que por sua vez alega de novo que tudo não passa de ficção.

Diante disso, essa autoridade policial concluiu que ela própria também só existe no ambiente da ficção, o que a desobriga dos protocolos de praxe. Sendo assim, é possível afirmar que nos causou grande alegria fazer Ricardo Lísias, um escritor pretensioso, arrogante e tolo, perder seu tempo, dinheiro e energia obrigando-o a se apresentar diante dessa autoridade policial.

É fácil perceber que ele não passa de um desequilibrado, com tendências vingativas e ilusões quanto à própria qualidade do trabalho. Observe-se por exemplo que ele costuma fazer uma série de críticas a diversos grupos sociais, mas jamais se autoanalisa e muito menos trata a si mesmo com a acidez com que se dirige aos outros, será que ele se considera um puro?

Observe-se ainda que em oitiva ele pediu para ser preso, fato inédito numa delegacia. Evidentemente, ele quer criar caso e se acredita em posição privilegiada. Como se pode ver, tem desejo de originalidade, o que é um paradoxo, já que ao mesmo tempo insere elementos de realidade nos textos que entregou para a autoridade policial. É um escritor incoerente, portanto.

Não é função da autoridade policial, ainda que fictícia, realizar desejos de tipos pretensiosos e desequilibrados como o escritor em tela. Por tudo isso, recomendo que a presente denúncia seja, no universo da ficção, e apenas nele, ARQUIVADA.

São Paulo, 28 de outubro de 2016

Delegado José Adélcio Fonseca e Souza Lima
Delegado de Polícia Federal
1ª classe, matrícula nº 25.165793046792

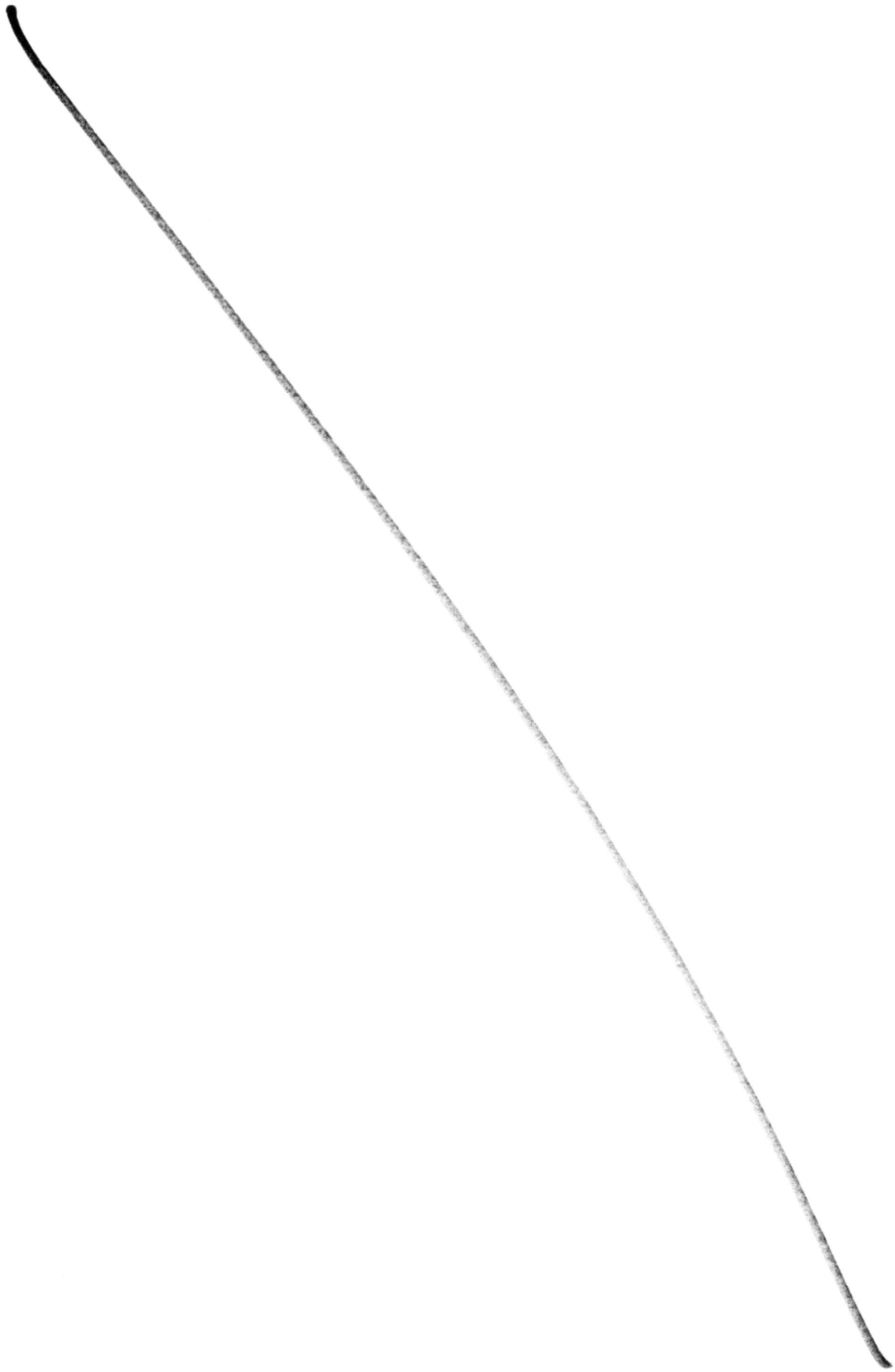

MINISTÉRIO PÚBLICO FEDERAL /
SALA DE ATENDIMENTO AO CIDADÃO

Notícia de fato nº 187. 729. 2659284/2016-90
Nome do manifestante: José Adélcio Fonseca e Souza Lima

DENÚNCIA

Data do fato: 18 de novembro de 2016
Município do fato: São Paulo
Estado do fato: São Paulo

Após ter sido investigado por possível crime de falsificação de documento em uma obra literária (qual seja: o e-book em 5 volumes Delegado Tobias) e o mesmo ter sido arquivado, Ricardo Lísias realizou denúncia com a intenção de investigar quem teriam sido os denunciantes do citado caso do Delegado Tobias. Durante as investigações dessa segunda denúncia, o mesmo Ricardo Lísias apresentou como justificativa o fato de ter feito a mesma denúncia apenas em âmbito ficcional, descaracterizando assim o trabalho da autoridade policial e colocando o ordenamento jurídico brasileiro em situação ridícula.

O segundo inquérito foi, após procedimentos investigatórios de praxe, arquivado. Venho por meio desta solicitar investigações para apuração do possível cometimento de crime de uso espúrio da justiça, desacato à autoridade e outros delitos que obviamente estão sendo cometidos de forma contínua por Ricardo Lísias. Sublinho que é a segunda vez que ele faz a mesma coisa, mudando apenas os delitos.

Faz-se jus a convocatória em caráter de urgência de especialista que possa diferenciar ficção e realidade e, em caráter urgentíssimo, de medida que faça com que o citado Ricardo Lísias pare, in limine, com os expedientes descritos.

RESPOSTA

Prezado senhor: comunicamos que recebemos seu questionamento sob o número PR SP 187. 729. 2659284/2016-90, encaminhado à divisão cabível. Acompanhe o andamento de sua denúncia através desse mesmo canal, digitando o número supracitado nos campos solicitados.

Atenciosamente

ANEXO 8

Correspondência, rascunho de projeto de mestrado e obras de Mariana Tobias.

De: Mariana Tobias <marianatobias123@gmail.com>
Para: Hazel Clark <hazel_clark@parsons-us.edu >
Data: 25 de novembro de 2013, 17:32
Assunto: Admission

Dear teacher Hazel Clark

I am sending the necessary material for my admission in the MA course in Fashion Studies at Parsons School. Don't worry about my English, please. I will travel one month before the beginning of the course, to have time to improve my English skills. I don't know how the payment works, but that would'nt be a problem, if I will in fact study there.

Thanks a lot,
Mariana Tobias.

Statementletter.doc (892 KB)

KLÉBERT FLORISVALDO DE AZEVEDO
R. LÍBERO BADARÓ, 181/54 - TEL: 4002-4013 / FAX: 4002-4012
CEP: 01095-900 - SÃO PAULO, SP
E-MAIL: KFA_TRADUCOES@ZIPMAIL.COM.BR
TRADUÇÃO Nº 8569-42

TRADUÇÃO JURAMENTADA

Eu, **KLÉBERT FLORISVALDO DE AZEVEDO**, infra-assinado, tradutor público juramentado e intérprete comercial, matriculado sob o número 24 na Junta Comercial de São Paulo, na forma da Lei, declaro que, nesta data, me foi presente, para ser traduzido do idioma inglês para o português, um documento que bem e fielmente traduzo, na forma abaixo:

De: Mariana Tobias <marianatobias123@gmail.com>
Para: Hazel Clark <hazel_clark@parsons-us.edu >
Data: 25 de novembro de 2013, 17:32
Assunto: Admissão

Cara professora Hazel Clark:

Estou enviando o material necessário para admissão no programa de mestrado do departamento de Moda da Parsons School. Não se preocupe com o meu inglês, por favor. Viajarei um mês antes do começo do curso, para melhorar minhas habilidades no idioma. Não sei como funciona o pagamento, mas isto não seria um problema, se de fato eu estudar aí.

Muito obrigada,
Mariana Tobias.

E nada mais tendo para ser traduzido do referido documento, ao qual do original, me reporte, assino e dou fé, nesta cidade de São Paulo, Capital do Estado de São Paulo, aos 12 de agosto de 2016.

STATEMENT LETTER

I was Born in a totally artistical family. I am studying the history of my family to discovery informations about it. In the beginning of the XX century, one of my old relatives was an artesan in Portugal. Another one opened a shop in Paris. I don't have other informations about it, but I will study it more. My brother is an plastic artist and my father is a publicitarian. Both have importance in Brazil and in other countries. Fashion for me is art. I love to draw. I draw since children and always I know my life would be dominated by drawings. For me Fashion is skin too. I feel my skin since children and I always known my life would be covered by skin. We are our clothes. And as skin is family, I inspire myself in my family to create Fashion. I always known my life would be my family. (All my family loves to study!) The history of my family is marked by a tragedy in Ecuador. But I will not reveal it now: the drawings I pretend to do during my course in Parson's will narrate this tragical family history. This narrative resumes all drama that follows, behind the skin, the work with art. Doing art is feel the human tragedy on the skin. Thus I think Fashion is the most important art, the great art. That one that follows us in our routine, as blood. Without art life is impossible, without blood we will die. I will literally give my blood in this course, thus I candidate myself and by all this narration I think I am prepared to the Parson's course.

ACADEMIC STATEMENT OF INTERESTS

I intend to develop in Parsons my belief that Fashion is a phenomenon that interelates personal and historical aspects of the creator (because it is your skin) with others who are connected to culture and society in which the same creator is inserted and engaged. My work will be developed on two fronts. The first front is the theoretical, during which it will conduct a study showing the cultural development of fashion in three companies: Brazilian, American and Ecuadorian. I intend to assess how the history of these countries is intertwined to the clothing he developed respectively. In Ecuador, for example we can see how the Indian fashion came to be too hard on the haute couture. In the United States on the other hand the Indian fashion is not entered in high fashion but can be seen in many places as a kind of working or possibility of surprise that people who want to dress in fashion wear. In Brazil finally there is any use of indigenous dress in other sectors of society. Evidently to say something and I intend to investigate the meaning of this.

I would like to develop a practical side. In this case I will develop sketches that may just reflect on the inclusion or non-inclusion of certain sectors in haute couture and try to intervene in this movement. It also intends to create practical models of clothes that can discuss how fashion soak up the historical aspects . Since I'm already sending a job with design and with other models to exemplify the research that I intend to develop in Parsons.

As for me fashion is how our skin is protected from the futility of the world, I prefer to treat it as art. And art is something that you care about the smallest details. As I am speaking here of theory, I quote one of my favorite readings in Fashion: "There is a third model this in garment rhetoric model that does not participate in the sublime or the futile Fashion, probably correspond to a real condition (economic) [to me, Mariana, is not economic, but of life itself] production Fashion . Your significant consists of all metaphorical variations of 'detail' (which is a mixed term, connoted-denoted, it also belongs to the inventory of genres) [for me , Mariana, I agree]. The 'detail' implies two constant and complementary themes: thinness and creativity (...)". (Roland Barthes)

Following Barthes , my work will have the creativity to unite history and skin but will not flashy as the conventional high seam. It will be like fine art. In the end, I intend to have a set of sketches that prove my thesis and at the same time a set of clothes and models that will show how Fashion is embedded in society. Thus, my convictions will become clearer when I get back to my Brazil and then be able to continue my work with Fashion. Also look for strength, because working with dramas , to continue working in this field which is so important to me, which ends up calling me also to teachers of this important institution to which I long to join.

KLÉBERT FLORISVALDO DE AZEVEDO
R. LÍBERO BADARÓ, 181/54 - TEL: 4002-4013 / FAX: 4002-4012
CEP: 01095-900 - SÃO PAULO, SP
E-MAIL: KFA_TRADUCOES@ZIPMAIL.COM.BR
TRADUÇÃO Nº 8569-48

TRADUÇÃO JURAMENTADA

Eu, **KLÉBERT FLORISVALDO DE AZEVEDO**, infra-assinado, tradutor público juramentado e intérprete comercial, matriculado sob o número 24 na Junta Comercial de São Paulo, na forma da Lei, declaro que, nesta data, me foi presente, para ser traduzido do idioma inglês para o português, um documento que bem e fielmente traduzo, na forma abaixo:

CARTA DE APRESENTAÇÃO

Eu nasci em uma família totalmente artística. Estou estudando a história da minha família para descobrir mais informações sobre ela. No começo do século XX, um dos meus parentes era um artesão em Portugal. Outro abriu uma loja em Paris. Eu não tenho outras informações a respeito, mas vou estudar melhor. Meu irmão é um artista plástico e meu pai é um publicitário. Ambos têm importância no Brasil e em outros países. A moda para mim é uma forma de arte. Eu amo desenhar. Desenho desde pequena e sempre sei [sic] que minha vida seria dominada pelos desenhos. Para mim, a moda é pele também. Sinto minha pele desde crianças [sic] e sempre soube que minha vida seria coberta de pele. Somos nossas roupas. E como pele é família, inspiro-me em minha família para criar moda. Sempre soube que minha vida seria minha família. (Toda a minha família ama estudar!) A história da minha família é marcada por uma tragédia no Equador. Mas não vou revelar agora: os desenhos que finjo [sic] fazer durante meu curso na Parsons irão narrar essa trágica história de família. Fazer arte é sentir a tragédia humana na pele. Desse modo eu acho que a moda é a arte mais importante, a grande arte. Aquela que nos segue em nossas rotinas, como sangue. Sem arte a vida é impossível, sem sangue iremos morrer. Eu literalmente vou dar meu sangue nesse curso, assim eu me candidato e, com toda essa narração, creio estar preparada para o curso na Parsons.

CARTA DE INTERESSES ACADÊMICOS

Pretendo desenvolver na Parsons minha crença de que a moda é um fenômeno que interrelaciona aspectos pessoais e históricos do criador (porque é sua pele) com outros que estão conectados à cultura e à sociedade de modo que o mesmo criador é inserido e estimulado. Meu trabalho será desenvolvido em duas frentes. A primeira frente é a teórica, durante a qual irá conduzir um estudo mostrando o desenvolvimento da cultura da moda em três companhias: brasileira, americana e equatoriana. Pretendo avaliar como a história desses países está interligada com as roupas que ele [sic] desenvolveu respectivamente. No Equador, por exemplo, podemos ver como a moda indígena entrou bastante forte [sic] na alta cultura. Nos Estados Unidos, por outro lado, a moda indígena não foi entrada [sic] mas pode ser vista em muitos lugares como um tipo de trabalho ou possibilidade de surpresa que as pessoas que querem vestir. No Brasil, por fim, há qualquer uso de roupas indígenas em outros setores da sociedade. Evidente para dizer algo [sic] e pretendo investigar o significado disto.

Gostaria de desenvolver um lado prático. Neste caso, irei desenvolver desenhos que podem apenas refletir na inclusão ou não inclusão de certos setores da alta costura e tentar intervir nesse movimento. Pretendo também criar modelos práticos de roupa que podem discutir como a moda suga os aspectos históricos. Posto que estou já mandando um trabalho com desenho e com outros modelos para exemplificar a pesquisa que pretendo desenvolver na Parsons [sic].

Como para mim a moda é como nossa pele é protegida da futilidade do mundo, prefiro tratá-la como arte. E arte é algo com o qual você se preocupa nos mínimos detalhes. Já que estou falando aqui de teoria, cito uma das minhas leituras favoritas sobre moda: "Há um terceiro modelo, provavelmente correspondente a uma real condição (econômica) [para mim, Mariana, não é econômica, mas da vida em si] de produção de moda. Seu significante consiste de todas as variações metafóricas de 'detalhe' (que é um termo misto, conotado e denotado, e também pertence aos inventários dos gêneros) [para mim, Mariana, eu concordo]. O 'detalhe' implica em dois temas constantes e complementares: magreza e criatividade (...)". (Roland Barthes)

De acordo com Barthes, meu trabalho terá a criatividade para unir história e pele mas não [sic] chamativo como a alta costura convencional. Será como arte refinada. No fim, pretendo ter um conjunto de rascunhos que provam minha tese e ao mesmo tempo um conjunto de roupas e modelos que irão mostrar como a moda faz parte da sociedade. Assim, minhas convicções se tornarão claras quando eu voltar ao Brasil e então poder continuar meu trabalho com moda. Também buscar por [sic] força, porque trabalhando com dramas, continuar trabalhando nessa área que é tão importante para mim, que termina por chamar também professores dessa importante instituição da qual desejo fazer parte [sic].

E nada mais tendo para ser traduzido do referido documento, ao qual do original, me reporte, assino e dou fé, nesta cidade de São Paulo, Capital do Estado de São Paulo, aos 12 de agosto de 2016.

KLÉBERT FLORISVALDO DE AZEVEDO
TRADUTOR PÚBLICO

De: Hazel Clark <hazel_clark@parsons-us.edu >
Para: Mariana Tobias <marianatobias123@gmail.com>
Data: 10 de dezembro de 2013, 11:00
Assunto: Re: Admission

I have carefully read your research project. It sounds interesting. When and if you travel to New York, write me again and stop by my office at Parsons.

Yours
Hazel Clark

De: Mariana Tobias <marianatobias123@gmail.com>
Para: Hazel Clark <hazel_clark@parsons-us.edu >
Data: 20 de dezembro de 2013, 14:12
Assunto: Re: Re: Admission

Dear teacher Hazel Clark, thank you, I confirm our meeting. I will take with me some sketches. Thanks, Mariana.

KLÉBERT FLORISVALDO DE AZEVEDO
R. LÍBERO BADARÓ, 181/54 - TEL: 4002-4013 / FAX: 4002-4012
CEP: 01095-900 - SÃO PAULO, SP
E-MAIL: KFA_TRADUCOES@ZIPMAIL.COM.BR
TRADUÇÃO Nº 8569-51

TRADUÇÃO JURAMENTADA

Eu, **KLÉBERT FLORISVALDO DE AZEVEDO**, infra-assinado, tradutor público juramentado e intérprete comercial, matriculado sob o número 24 na Junta Comercial de São Paulo, na forma da Lei, declaro que, nesta data, me foi presente, para ser traduzido do idioma inglês para o português, um documento que bem e fielmente traduzo, na forma abaixo:

De: Hazel Clark <hazel_clark@parsons-us.edu >
Para: Mariana Tobias <marianatobias123@gmail.com>
Data: 10 de dezembro de 2013, 11:00
Assunto: Re: Admissão

Li cuidadosamente seu projeto de pesquisa. Parece interessante. Quando e se viajar a Nova York, escreva-me novamente e nos encontramos em meu escritório na Parsons.

Atenciosamente,
Hazel Clark

De: Mariana Tobias <marianatobias123@gmail.com>
Para: Hazel Clark <hazel_clark@parsons-us.edu >
Data: 20 de dezembro de 2013, 14:12
Assunto: Re: Re: Admissão

Cara professora Hazel Clark, obrigada, confirmo nosso encontro. Levarei comigo alguns rascunhos. Obrigada, Mariana.

E nada mais tendo para ser traduzido do referido documento, ao qual do original, me reporte, assino e dou fé, nesta cidade de São Paulo, Capital do Estado de São Paulo, aos 12 de agosto de 2016.

CANCELLED

CANCELLED

U. S. IMMIGRATION
160 LOS 4043

DEC 29 2004

ADMITTED WT (CLASS)

UNTIL MAR 29 2015

CANCELLED

São Paulo, 25 de janeiro de 2016

Querida tia Maria.

Sei que nunca nos conhecemos direito, mas vim escrever porque estou muito triste aqui no Brasil e sinto que talvez a senhora possa me ajudar. Resolvi também escrever e não mandar email pois acho que isso pode nos aproximar um pouco. Vi uma foto da senhora uma vez com o meu pai. Ele fala pouco da loja e dos nossos parentes em Paris (parentes em Paris é uma expressão tão linda...), mas alguma coisa eu sei.

Eu não sei o que acontece com a nossa família, tia. Meu pai diz que não é nada, que com toda família é assim, mas eu sei que lá no fundo ele sofre muito até hoje com a morte do meu irmão. E agora isso, não sei se a senhora soube do que aconteceu comigo nos Estados Unidos. Foi uma injustiça, pois na verdade eu estava fazendo uma homenagem à família Obama, tia.

Aguardo o contato da senhora. Se preferir, talvez seja mais fácil, meu email é marianatobias123@gmail.com

Um beijo da Mariana.

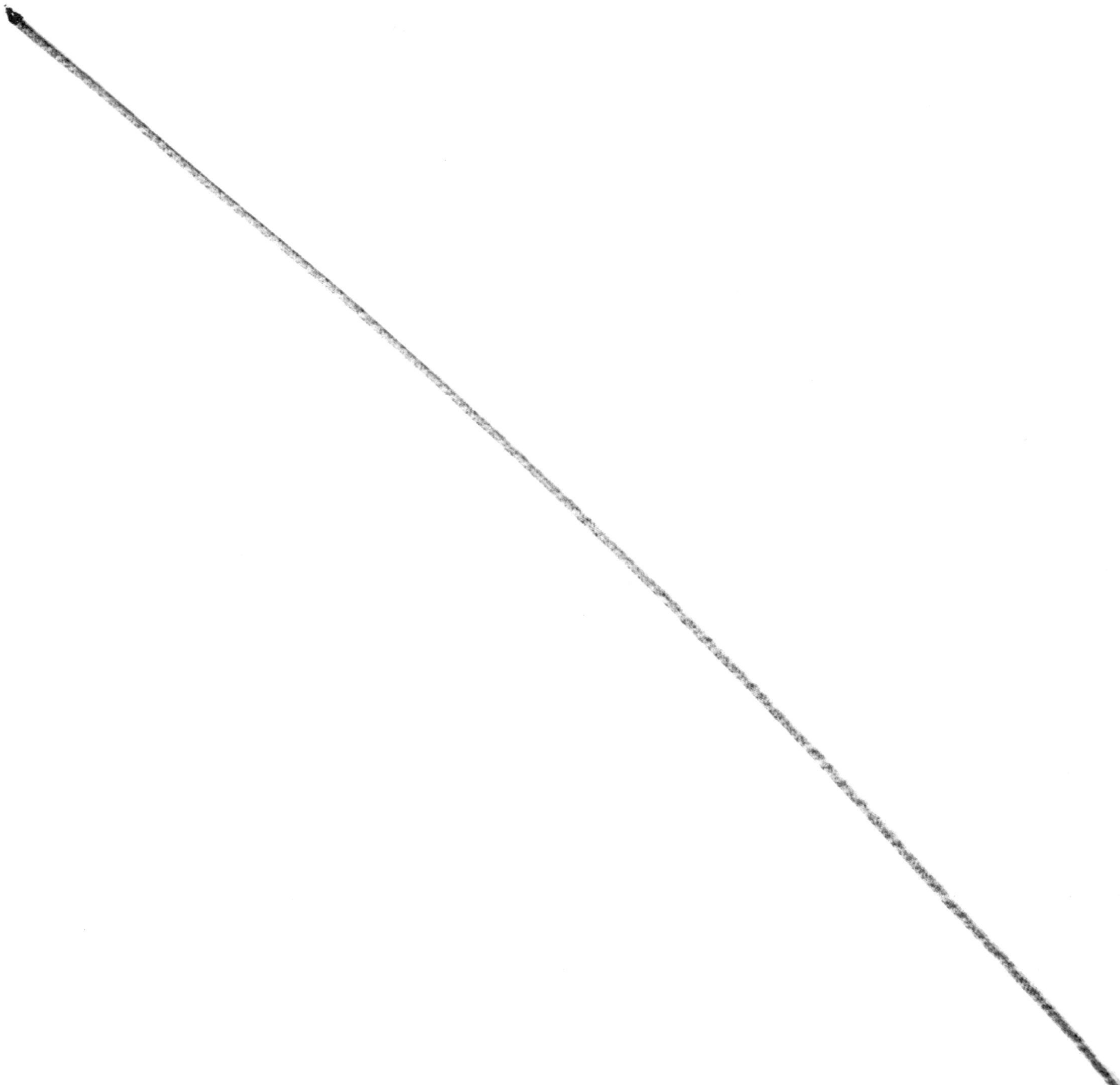

ANEXO 7
Rascunhos de projeto artístico e correspondência de Fernando Tobias.

PROJETO DE CAIXA LATINO-AMERICANA
Caixa bolivariana "Un Paredón"
Brazilian artist Fernando Tobias

TATE MODERN
ACQUIRED IN: in May 15th 2011
FILED IN: June 20th 2011

I dedicate this work to João Tobias

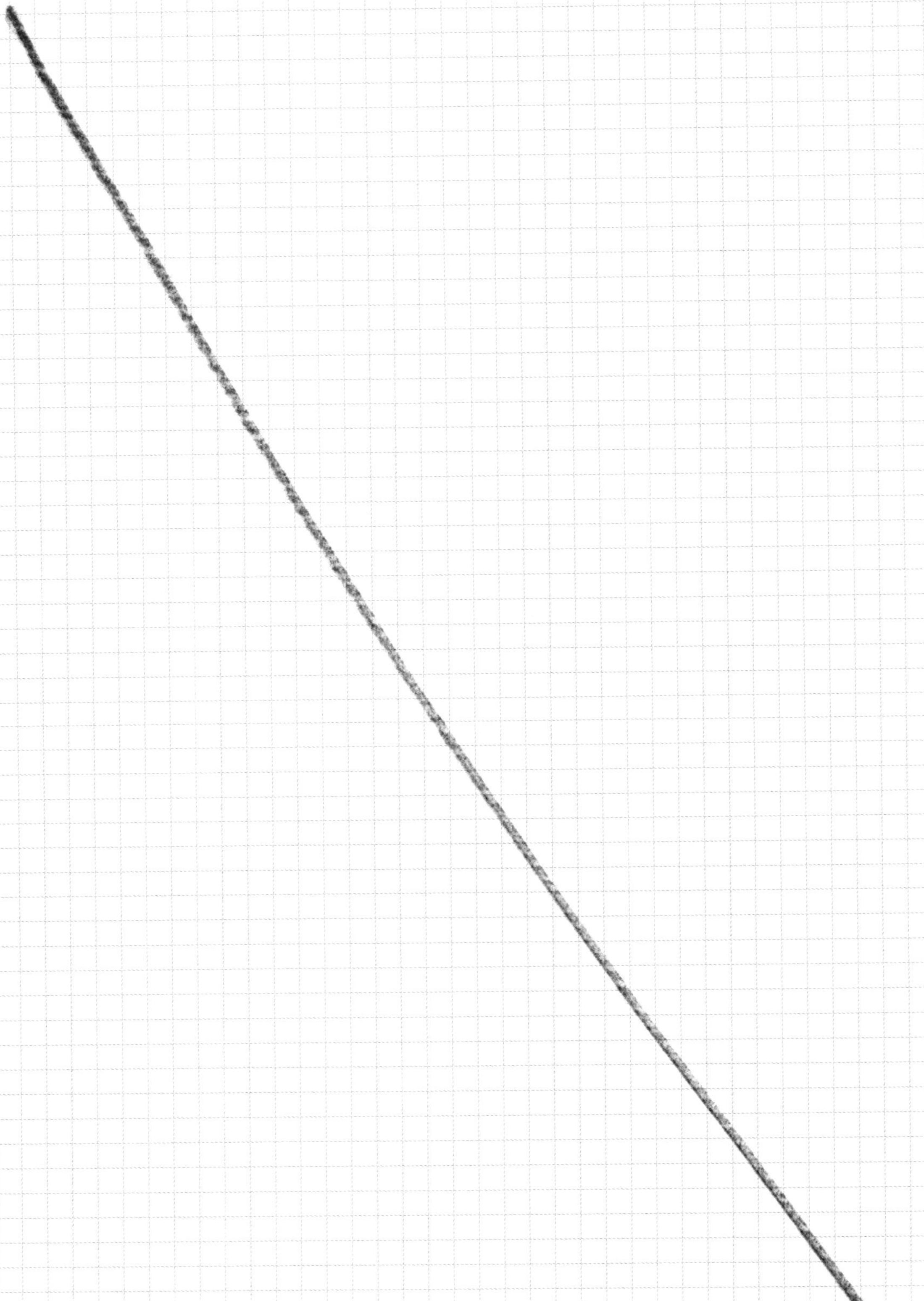

- A "pasta" (pensar no nome) será um diálogo entre cartas, imagens (sobretudo fotos e mapas) e alguns outros documentos.

- As vítimas:

Juliard Aires Fernandes (20 anos)
Hermínio Cardoso dos Santos (24 anos)

Notar que os dois não têm nada a ver com meu irmão. Ter isso em mente por causa do meu estado atual, me policiar.

- Pesquisar o nome das mães dos dois brasileiros (deixar os outros dois de fora da pasta, até porque foram identificados). Começa invertendo cronologicamente: uma carta após a execução, de uma das famílias. Estão confusos: a amizade dos filhos, que as famílias não se conheceram, e depois fala da passagem sobre uma indenização, mas não sabem para quem pedir ajuda. Lula? O dinheiro ronda os documentos. Afinal de contas, o motivo para ida aos EUA era dinheiro.

- É um português precário. Como vai na pasta à mão, atenção para os erros. Preciso deixar claro que são famílias simples. Talvez a esposa do zelador aqui do prédio possa copiar a carta, depois escaneio ou xeroco.

- Não vai haver resposta. Então uma segunda carta, o pai confuso com a história dos tais "Zetas". Garante à família do outro que o filho nunca usou drogas.

- Depois dessas duas cartas, a narrativa da amizade dos dois rapazes. (Não insinuar nada: eram mesmo amigos). Um problema a solucionar: o RG de um estava no bolso do outro. Um deles (Hermínio Cardoso dos Santos) estava sem os documentos. Entender o motivo disso.

- Ver como podem ter ido para o México. Já tinha estado nos EUA? Arrumaram como o dinheiro para os coiotes? Aproveitar a imagem "coiotes". O dinheiro pode ser algo forte na amizade entre eles. Tinham sonhos?

- Um e-mail de um deles para o outro, o que foi na frente. Pesquisar a data. Lembrar que os dois têm pouco estudo, atenção para o português. O e-mail é importante porque o pai de um deles disse que um deles queria um computador.

- Foi para os EUA para ter um computador. Anexar na caixa um pendrive?

Alguém manda cartão postal hoje em dia?

- Depois um cartão postal para a família de um deles. Pesquisar a imagem e estudar o carimbo. O cartão postal é para aquela família que escreveu a carta; a que não respondeu nunca aparecerá na pasta.

- O zelador ficou bravo e disse que a esposa não é analfabeta. Comprar um panetone para ele.

- O incidente com o zelador demonstra que devo ficar atento para o português da carta. O pai sente uma grande tristeza e acha que talvez conversar com a família do amigo de um deles pode amenizar um pouco. As duas famílias estão na mesma situação...

- (Não sei se conversar adianta.)

- Atenção para os erros de português nas cartas: ele é digno, apesar da simplicidade. Cita o Lula apenas uma vez.

- Quanto aos rapazes, o RG de um deles estar no bolso do outro demonstra uma profunda confiança. O motivo é simples: a roupa de um deles que foi achado sem documentos não tinha bolso.

- Um deles, o que carrega o documento dos dois, é o filho do pai que escreve a carta. Talvez ele possa ter um pouco mais de "juízo" que o outro. Problema: ele é o mais novo. Ver como resolver isso.

- Aqui um novo problema: ele não tinha bolso e bagagem alguma, nem mesmo uma mochila?

- Se não tinha mochila alguma é porque já tinha destino específico nos EUA ou alguém esperando? Nas fotos que vi dos corpos, ninguém está com mochila ou bagagem.

- Mas o que esses rapazes que entram nos EUA pelo México levam em uma eventual mochila ou bagagem? Não pode ser muita coisa. Cf.

- Tentar o contato com a família de um deles, de preferência o Juliard Aires. De repente é uma solução para o impasse no português das cartas. Só tomar cuidado pois devem ainda estar se recuperando.

Eu queria ter conhecido a sua família de outro jeito, porque os nossos filhos tinha os mesmos sonhos e então algum dia eu conheçeria vocês, não precisava ser assim. Eu lembro do meu filho falando do seu filho, com todo aquele carinho que é o dele e eu acho que ele levou com ele com Deus.

Nesse momento que nossos dois filhos eu queria dizer para vocês que a vontade de Deus, mas meu filho era muito forte e eu sei que o de vocês também era. Eu achei umas foto no envelope que meu filho deixou e acho que se for ele que esta o seu filho, tenho certeza que você fez o que podia para criar ele.

Os menino queria um trabalho melhor e eu dizia para ele ficar que nós não precisava do dinheiro dele e que ia ser sofrido, mas os menino insistiu e então aconteceu, Deus agente não entende muito bem.

Um senhor esteve aqui e disse que nós tem o direito de pedir dinheiro mas ele foi embora e eu não sei com quem falo agora, não disse que conhecia vocês, disse que não conhecia vocês e ele disse para mim pensar, mas ele não voltou e eu acho que agora que agente está recebendo o dinheiro do governo poderia falar com algum político, mas eu não sei de algum político que é amigo do Lula. Os nosso filho não vai voltar é o que mais importa. Deus cuide de vocês.

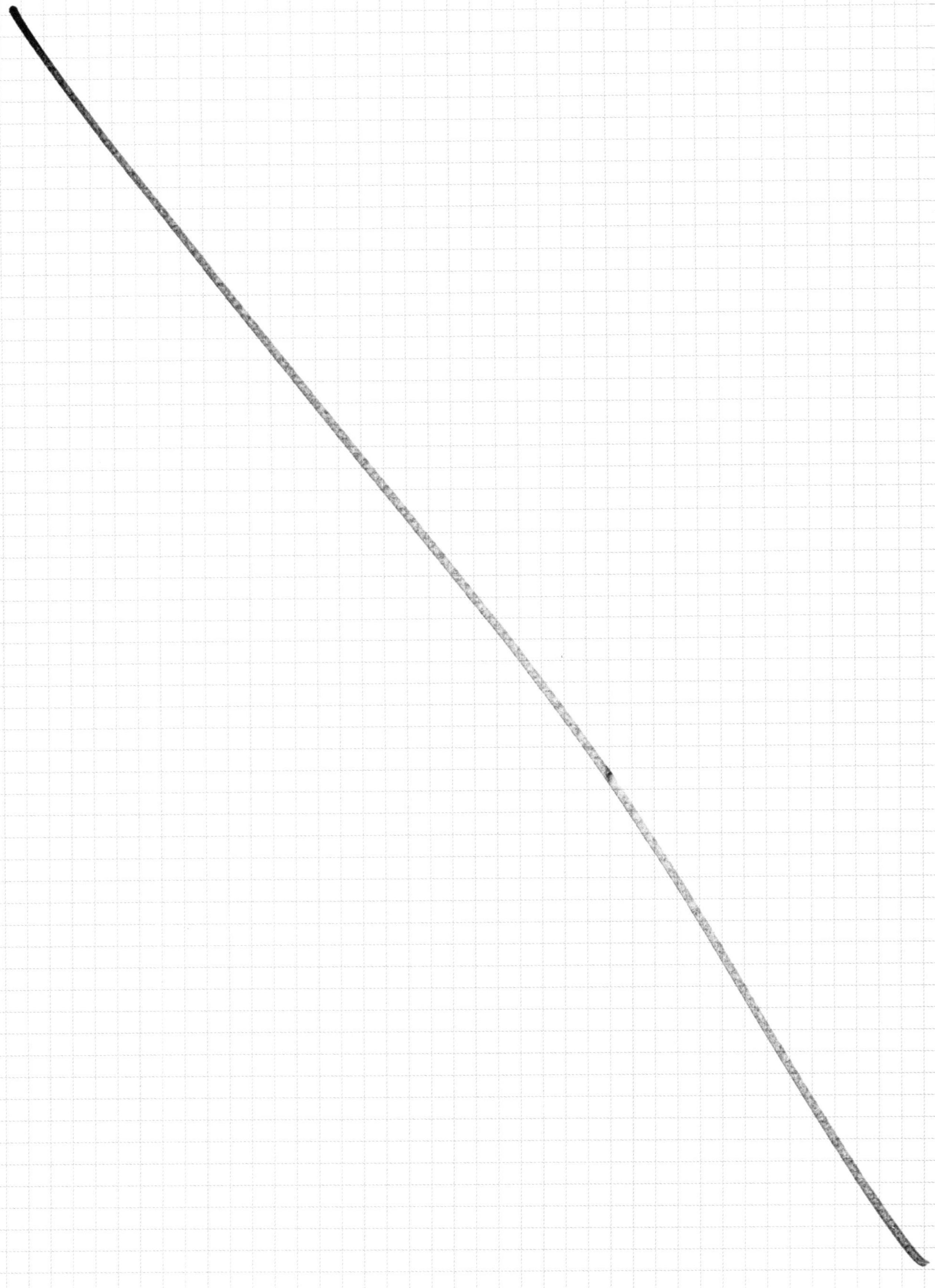

- Talvez eu possa procurar um estudante de gramática ou, no mínimo, um escritor, para pesquisar a linguagem da carta. O ideal seria visitar a cidade de Juliard e pedir para a mãe dele escrever a carta. Mas e se ela não aceitar? Quem sabe apenas telefonar.

- O zelador ficou ainda mais bravo com o panetone. Disse que não se vende e que a esposa não é analfabeta (o que eu nunca falei). Pensar em uma caixinha de natal de 100 reais.

- Os dois vão estar em uma pequena pensão na fronteira, do lado do México. Um objeto que pode simbolizar essa pensão é alguma reprodução, possivelmente fotográfica, de um letreiro gigante e colorido. Mas há um decadentismo na cor opaca. Afastar bem dos letreiros de Manhattan, que têm outra tonalidade.

- Pensar se os dois falavam de mulher. Talvez uma visita à zona, em Minas Gerais, ou então um baile para não ser muito óbvio. Que documento simbolizaria uma zona de cidade pequena?

- Os dois se conheceram em um curso técnico de torneiro mecânico. Mas atenção para não citar Lula. As críticas ao governo devem ser sutis. Em nenhum momento da pasta deve aparecer o termo "bolsa-família".

- "Bolsa-família" tem hífen? Perguntar ao gramático ou ao escritor.

- Ainda assim, para insinuar, reproduzir talvez até fabricando réplicas, o cartão magnético do bolsa família do pai de Juliard. Procurar, já com o desenho preparado, o designer gráfico. Ver com o advogado as consequências sobre isso e como contornar elas.

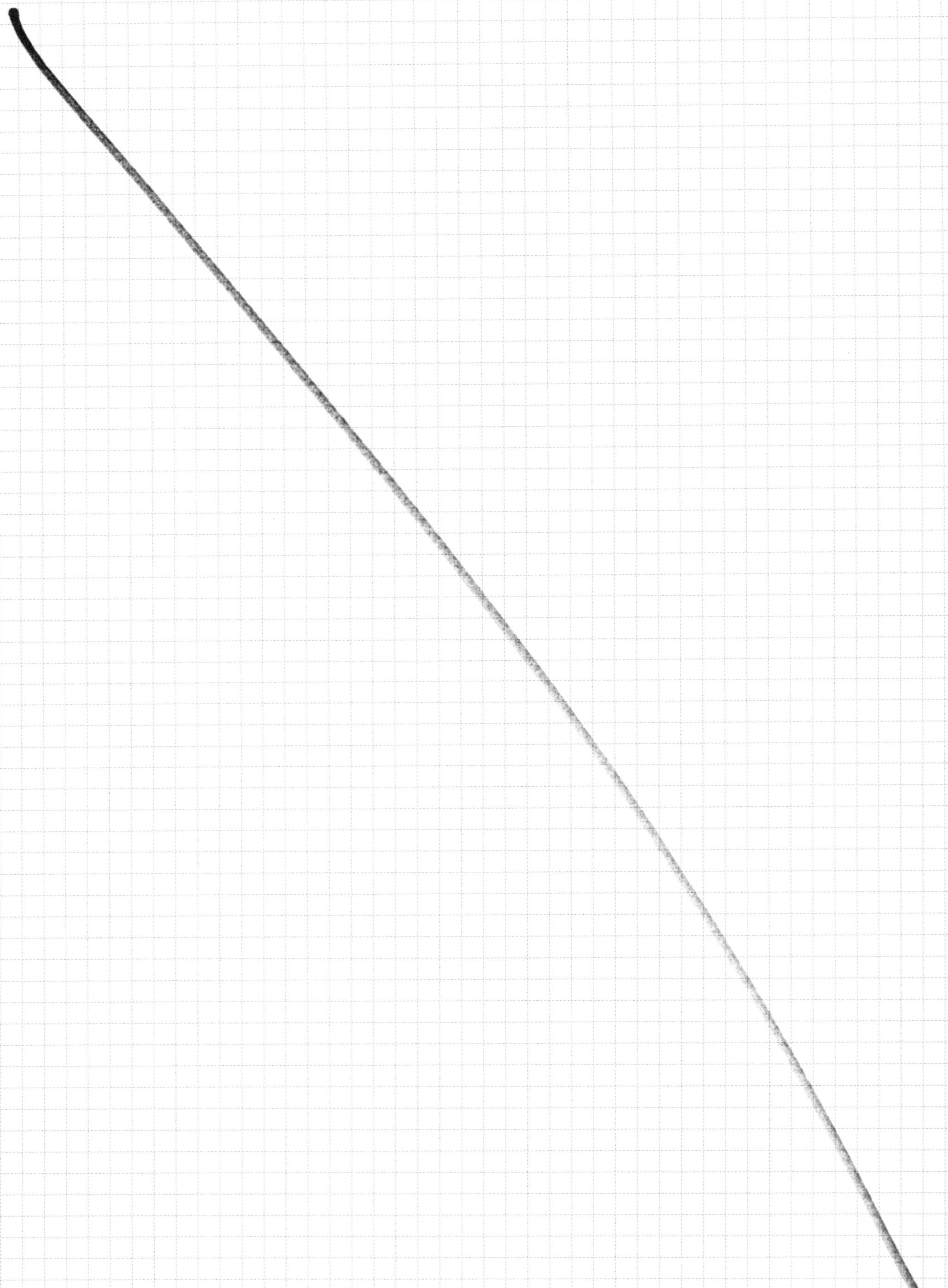

Preciso estar atento para
não misturar a história
do meu irmão, do meu irmão!!

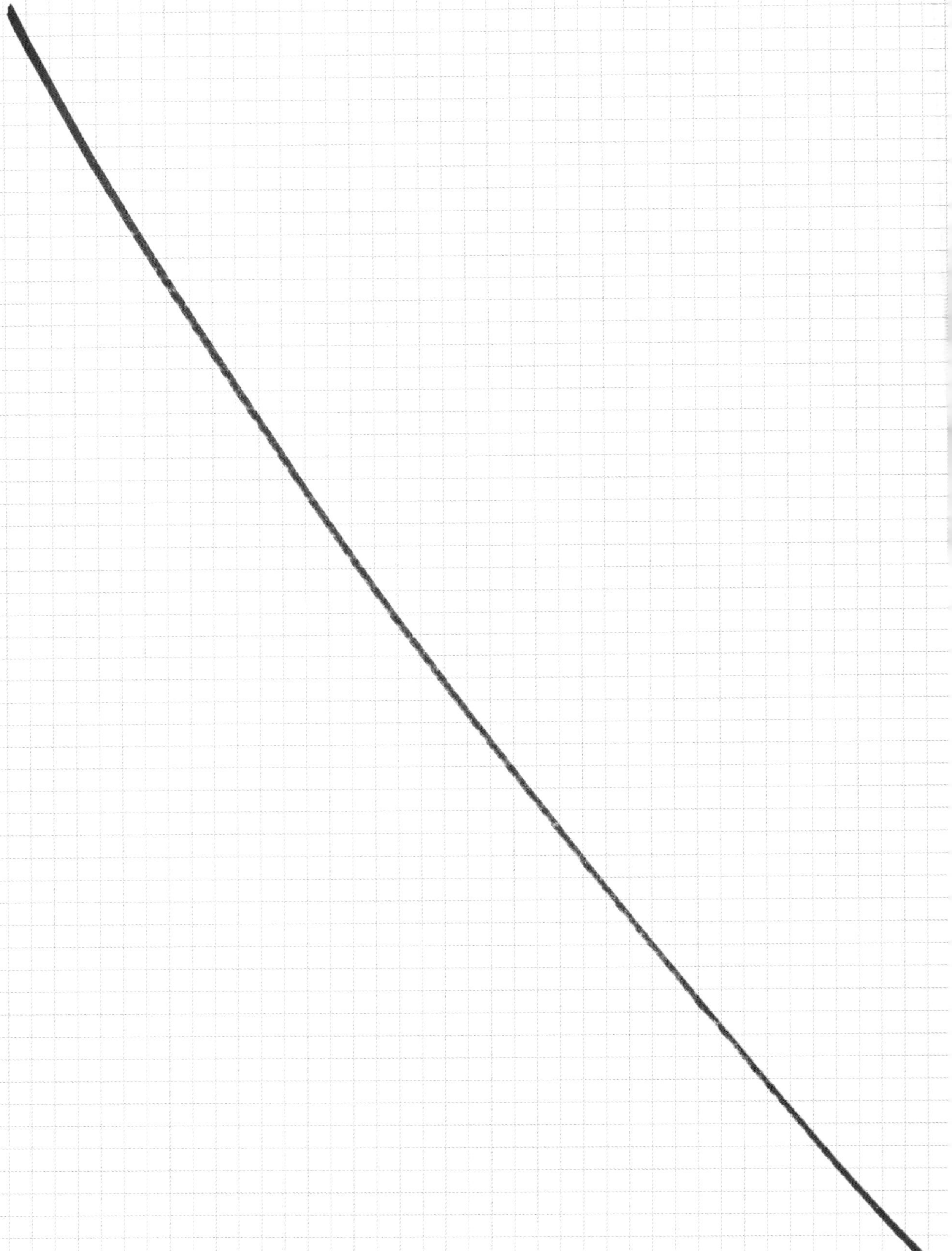

- O zelador continua me agredindo. Não sou nenhum saco de pancada. Se ele não parar, o ideal é reclamar com a síndica.

- O que um simplório desse entende de arte?

- Achei um gramático que na verdade me explicou que não tem nada a ver com gramática. Ele é um linguista. Ele não sabia se bolsa-família tem ou não hífen, mas disse que não é importante. O fundamental é compreender os processos ideológicos envolvidos na palavra e a história semântica dela. História semântica é uma expressão linda! Tentar incorporar à pasta.

- Quanto à carta de Juliard, ele acha que o ideal é conversarmos pessoalmente e não pelo telefone. Ele faz doutorado. É um bom nome para agradecer no final da pasta. Citar o doutorado.

- A propósito, procurar o Ignacio para ver se ele ainda tem aqueles contatos em Madri e Paris.

- A pasta reunirá uma série de documentos que contariam uma história sobre Juliard e Hermínio. Começa com o curso técnico em torneiro mecânico e vai até o fuzilamento no México.

- Não acaba aí: a questão das famílias depois. Nesse caso, tudo por escrito.

- A pasta pode ecoar a questão dos governos bolivarianos: se são tão bons, tão preocupados com as pessoas, porque tanta gente continua tentando ir para os EUA?

- Estavam amarrados, o que lembra os paredões cubanos. O nome da pasta pode ser *El Paredón*. Conferir se é assim em espanhol com o linguista.

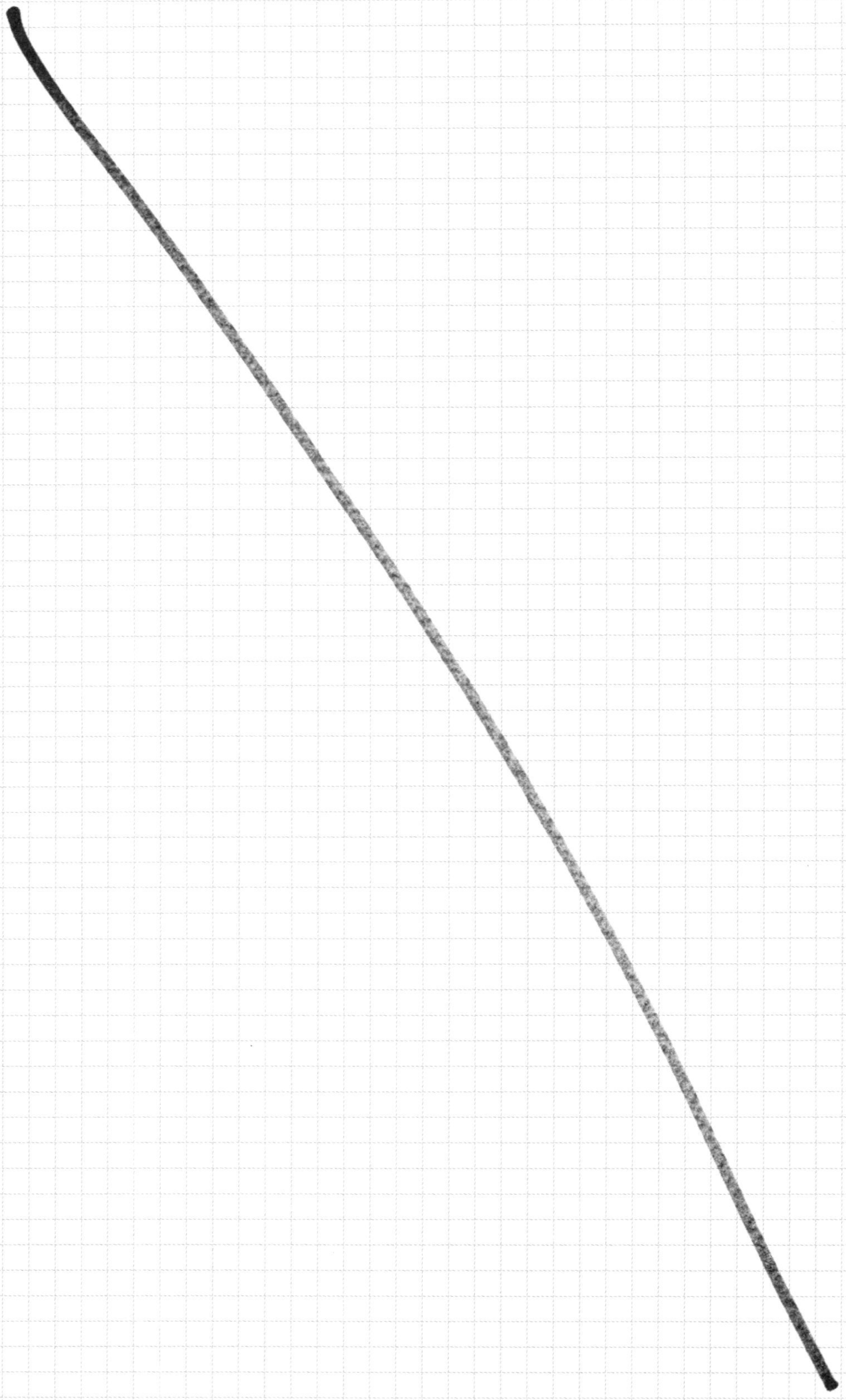

Eu não recebi a resposta de vocês mas eu não sei se o meu endereço chegou direito e eu peço desculpa pela minha letra ser tão ruim para vocês, eu não pude estudar muito tempo, porque tinha uma família muito grande aqui e eu era criança.

O homem voltou aqui e eu fiquei muito nervoso porque ele falou uma coisa de droga lá no país que os menino estava e eu queria logo dizer para vocês que meu filho sempre foi trabalhador e estava no caminho certo graças à Deus, a gente não tem muita coisa aqui mais sempre educou muito bem os menino e eu sei que vocês também criou o seu menino no caminho, eu garanti tudo isso com o homem.

Eu estou pedindo muito à Deus para entender tudo isso que estou acontecendo e aconteceu com os menino mas eu queria dizer para vocês que o Juliard sempre foi trabalhador, muito bom filho, um rapaz que vocês poderia conhecer, é que os nosso filho era amigo e então eu garanti pro homem que esse negócio de droga deve ser daquela coisa no estrangeiro que eles sempre está falando coisa ruim da gente, mas eu garanto para vocês que o Juliard era trabalhador e que essa coisa de droga Deus vai colocar tudo no lugar, eu confio espero vocês tao bem.

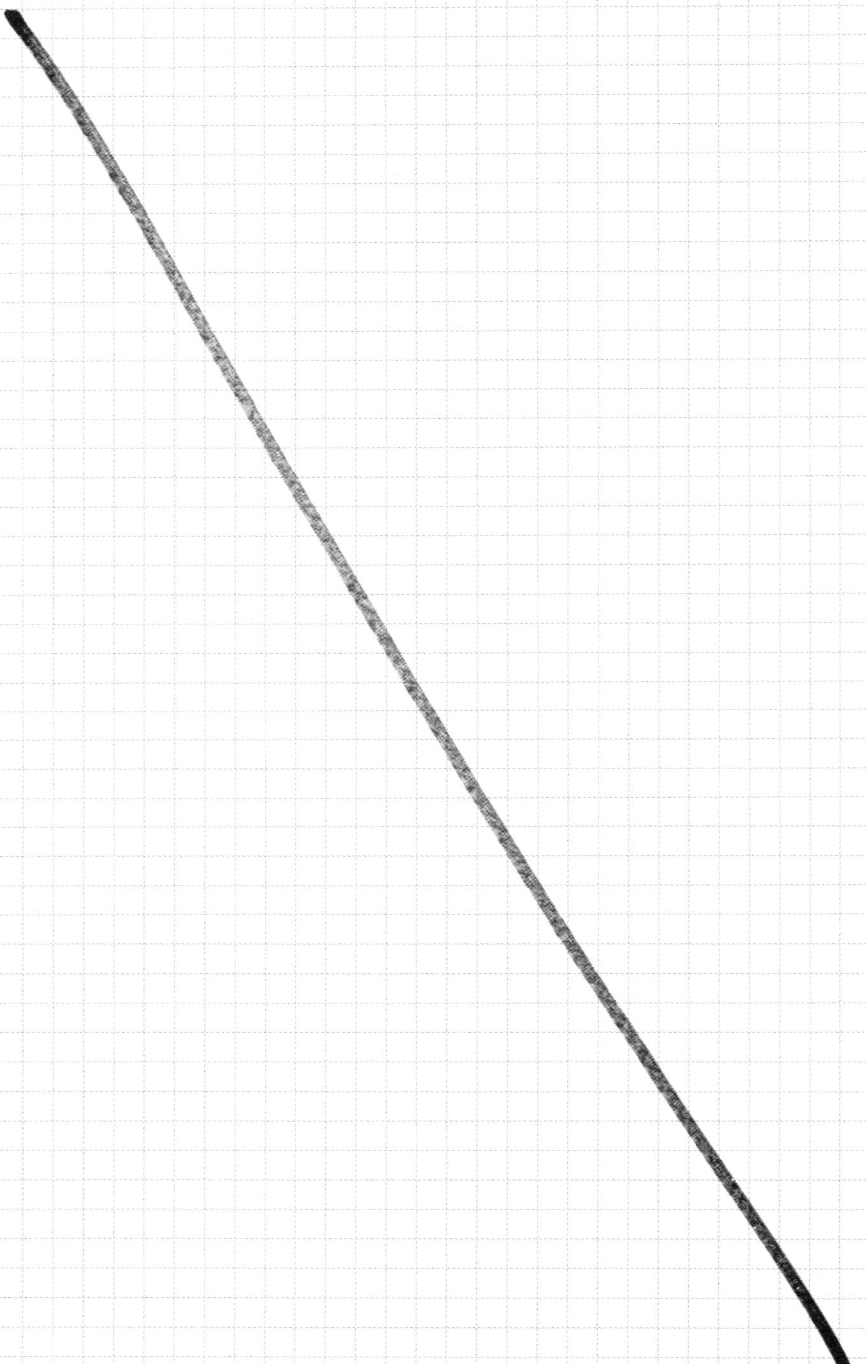

- Ver com o linguista como as pessoas pobres usam a vírgula quando escrevem.

- O ideal seria digitalizar a letra de um pobre. Não vai dar para visitar a mãe de Juliard. Insistir com o zelador para ver se a mulher dele simplesmente não copia em uma folha. Oferecer bom pagamento.

- Segundo o Ignacio, o mercado em Madri está devagar por causa da crise. Ver com o Andrew em Londres.

- Um problema é como simbolizar na pasta o cartel dos Zetas (lembrar que muitos são ex-militares). Talvez algo que mostre o tráfico na fronteira com o EUA. Que documento simbolizaria isso? O ideal é não utilizar a palavra "droga" mas sim "cartel", como tenho pensado sobre o "bolsa-família".

- Quanto aos documentos também, o que pode representar o paredão onde os dois foram fuzilados?

- Talvez fazer uma ligação com o paredão cubano? Ver com o Andrew como está o ambiente sobre isso em Londres. Se o paredão cubano for muito antiquado, talvez pensar em Hugo Chávez, aliás militar como os Zetas. Há paredão na Venezuela? Cf.

- Se não fosse uma pasta, mas sim uma caixa, era possível acrescentar uma boina. Uma boina! Lembraria de Chávez e de toda a coisa latino-americana. Latino americana tem hífen? Cf. com o linguista. Cf sempre tudo com o linguista.

- Mudar de pasta para caixa. O revestimento externo pode ser a réplica de um paredão!

- Como não é mais uma pasta, agrupar a correspondência (as cartas da mãe de Juliard) em um envelope. Pensar na concepção desse envelope.

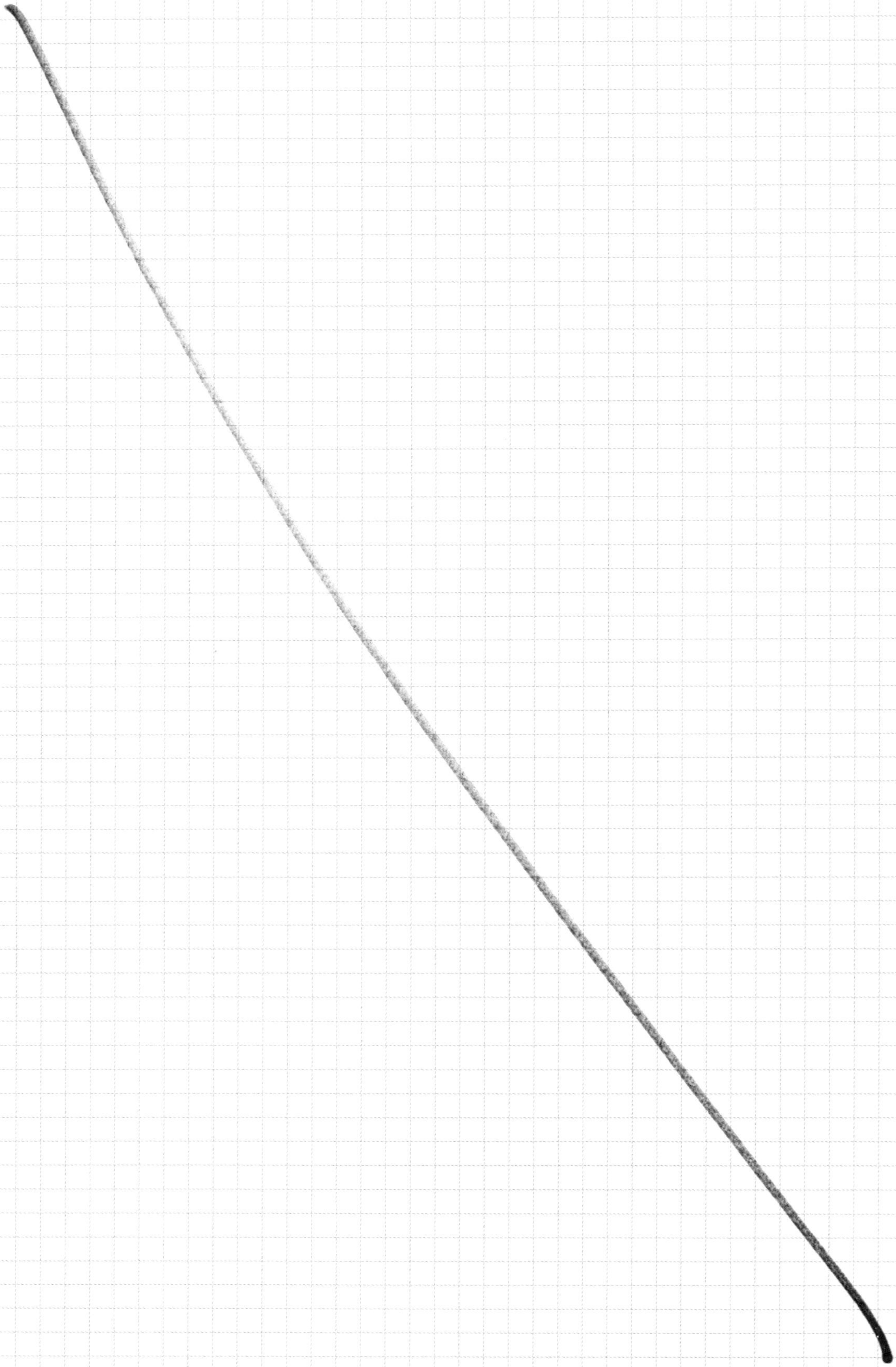

- Projeto de caixa com documentos e objetos. "caixa El Paredón". Ver com o linguista como é caixa em espanhol.

- O linguista vem aqui amanhã para discutir tudo.

- Conteúdo da caixa, por enquanto:

  a. Revestimento externo simbolizando um paredão mexicano. Talvez possa haver alguma réplica de pichação (em espanhol) (ver com o linguista) em um dos lados.

  b. Uma lâmpada simbolizando os letreiros da cidade mexicana da fronteira. Ela deve produzir uma luz opaca cafona, não igual as luzes de Manhattan.

  c. Um conjunto de cartas (em algum tipo especial de envelope) que o pai de Juliard teria escrito para a família de Hermínio.

  d. Uma boina estilo Hugo Chávez. Ver orçamento.

- O zelador me agrediu de novo, quase aos berros. É permitido um funcionário fazer isso com um dos moradores? Repetiu de novo que a esposa não é analfabeta. Eu nunca disse isso. Estou começando a suspeitar que ele tem algo de pessoal contra mim.

- Acho que a amizade dos dois ainda não está muito bem solidificada na caixa. Que objeto poderia representar uma ligação forte entre os dois rapazes?

- Do mesmo jeito, a ligação de Los Zetas com as drogas não me parece forte. Indiretamente, existem as suspeitas de ligação de Chávez com algum cartel de tráfico, mas ainda não ficou explicitado isso na caixa.

- Qual o tamanho da caixa?

- O linguista acaba de ir embora e eu estou artisticamente muito excitado. Ele tem razão quando diz que muitos artistas ignoram princípios básicos de linguagem. Segundo ele, o pior são os escritores (talvez seja melhor escrever "segundo ele os escritores são os piores", ver com ele). Mas os artistas plásticos cometem muitos absurdos também. Ele elogiou muito a minha iniciativa de procurar um linguista e disse que isso demonstra a minha profundidade e também mostra como sou um artista responsável. Ele é muito inteligente e está fazendo doutorado. Fala com muita segurança. É um homem seguro. Ele disse que não devo ficar preocupado demais com esse negócio da mãe do Juliard cometer erros e disse que o importante é observar a variação linguística. Eu fiquei muito encantado quando ele me explicou o que é variação linguística e que não podemos ter preconceito com quem fala errado. Eu detesto preconceito e inclusive acho que o que o zelador está fazendo é por preconceito, esses nordestinos ignorantes não percebem que estamos no século XXI. O linguista disse que vai pesquisar em alguns lugares, inclusive numa enciclopédia chamada Gramática do Português Brasileiro e depois vamos nos encontrar de novo para ele explicar como é que o pai do Juliard escreve. Mas eu acho que seria delicado e educado da minha parte se eu oferecesse para ele um jantar, afinal de contas ele tem demonstrado muito interesse e responde a tudo o que eu pergunto. Só esqueci de perguntar sobre as vírgulas do pai de Juliard.

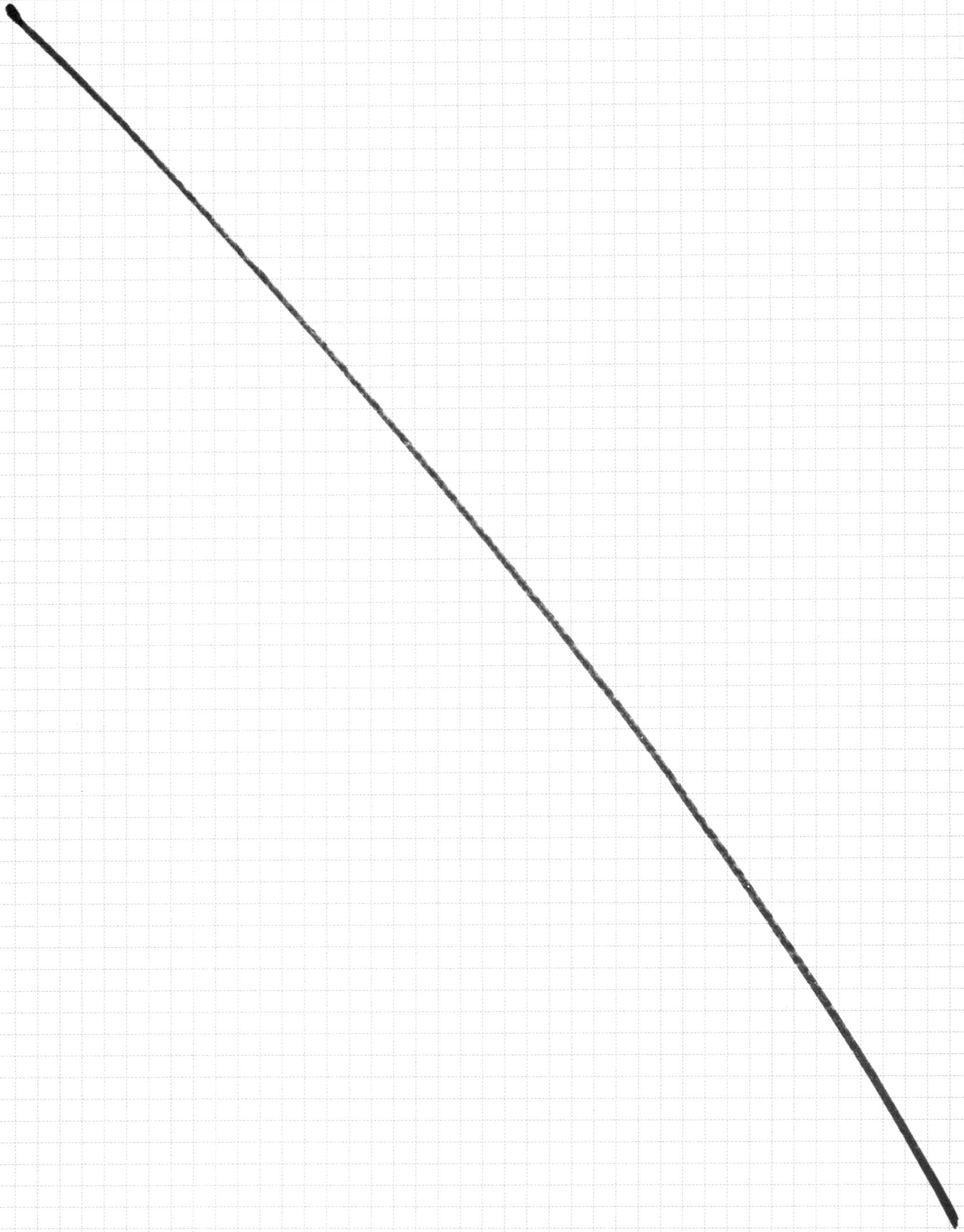

- O zelador hoje me agrediu na frente do prédio outra vez. Muita gente viu. Ele berrou, com muito ódio, que eu chamei a mulher dele de analfabeta. Não aguento mais passar por isso. Meus limites não são tão grandes assim. Você que é analfabeto, seu idiota. Eu fico imaginando como é a escola no nordeste. Acho que ele está querendo ser demitido. A dona Mariana, do outro bloco, também acha. Hoje em dia esses vagabundos preferem ficar em casa do que trabalhar. Tenho certeza que o linguista vai concordar.

- Por falar nisso deve ser por preconceito que ele me odeia tanto, esse nordestino analfabeto. Fui falar com a dona Faustina, mas ela não estava em casa. Então vou protestar. Tenho certeza que o linguista vai me apoiar, inclusive porque ele conhece a minha responsabilidade como artista.

- No conteúdo da caixa esqueci de colocar a réplica do cartão magnético do pai do Juliard. Aliás, outro conteúdo bom seria uma cópia de alguns estratos bancários e outros papéis que digam respeito ao dinheiro da família dele.

- Posso também colocar uma cópia do jornal que reproduz a fala do ministro (cf.) de que ninguém precisa mais sair do Brasil por causa da bolsa família.

- Não escrever a palavra "bolsa família". Mas dar um jeito de pôr a pergunta: se é tão bom assim, porque então tanta gente continua indo para os EUA?

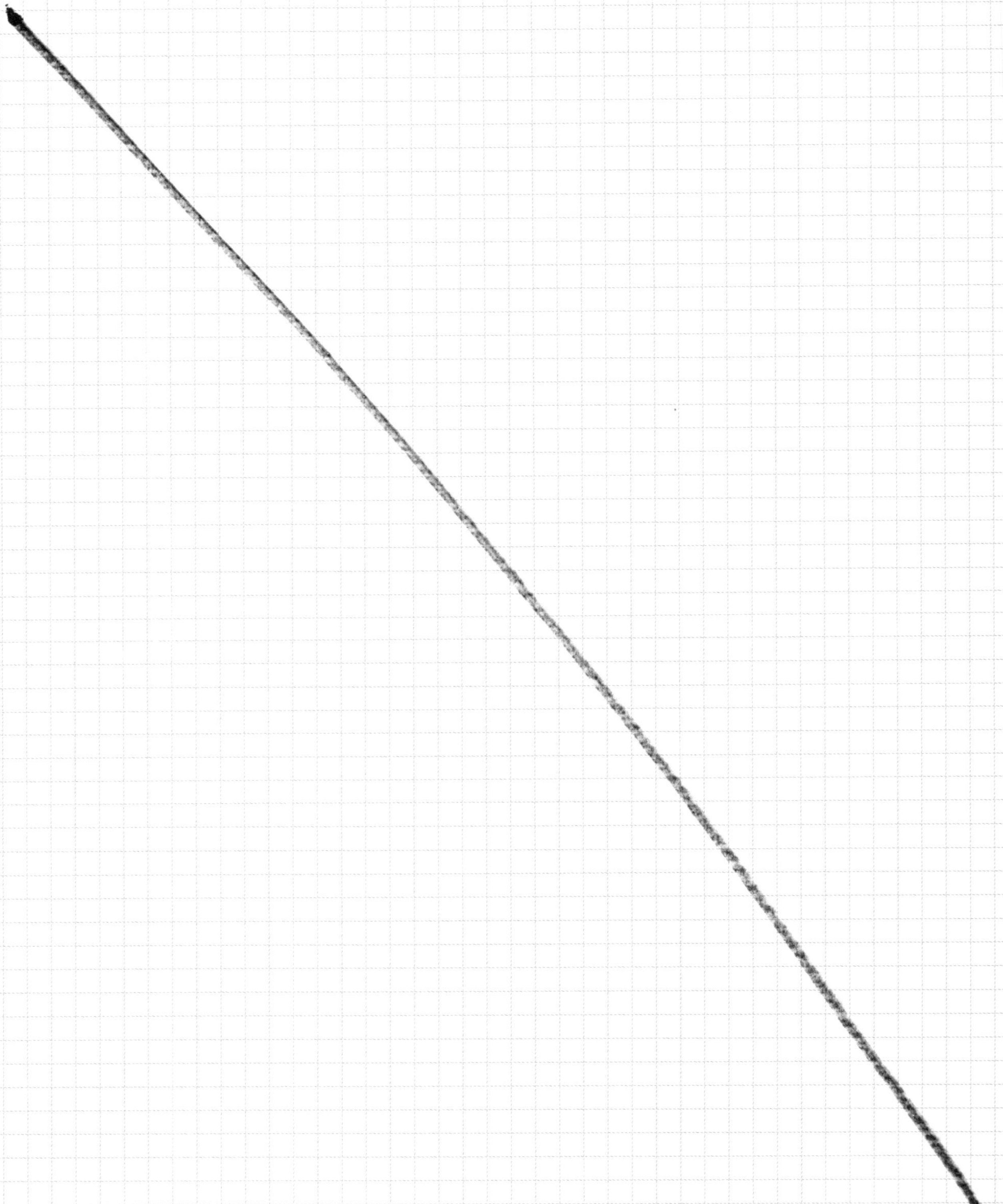

- Andrew finalmente respondeu meu e-mail. Segundo ele a crise não é só na Espanha. Na Inglaterra as vendas também estão devagar. O que tem aumentado muito é o comércio de projetos, até porque são mais baratos. A sugestão dele é que eu não faça nem uma pasta e muito menos uma caixa, mas só um projeto. Com certeza um projeto ele vende para mim.

- Me organizar então para ver como transformar todas essas ideias da caixa em um projeto.

- Quanto aos documentos de banco (extratos, correspondências, comunicado de abertura de conta por causa da bolsa família, tudo isso), fica fácil porque são apenas papéis e eu posso incluir eles inclusive no projeto. Quanto aos cartões magnéticos, basta agora fazer réplicas em papel, fingindo que são xerox. Fica até mais barato.

- Estudar como reproduzir a boina de Hugo Chávez.

- Ontem jantei com o meu linguista. Ele disse que já não lembrava o que tinha acontecido em agosto no México e então elogiou a minha ética de como artista lembrar ele. Estou impressionado como estamos nos dando bem. Ele é tão inteligente, meu Deus! Sem falar que me trouxe uns modelos de variação linguística da mãe do Juliard. Agora que vai ser um projeto as cartas serão decisivas. Mesmo sendo um projeto, pode ter um envelope estilizado, ou ao menos indicar como pode ser o envelope. Não sei como vou agradecer ao meu linguista, mas vou preparar uma coisa muito especial à altura da inteligência dele. Cf. se à altura tem crase ou se é a altura.

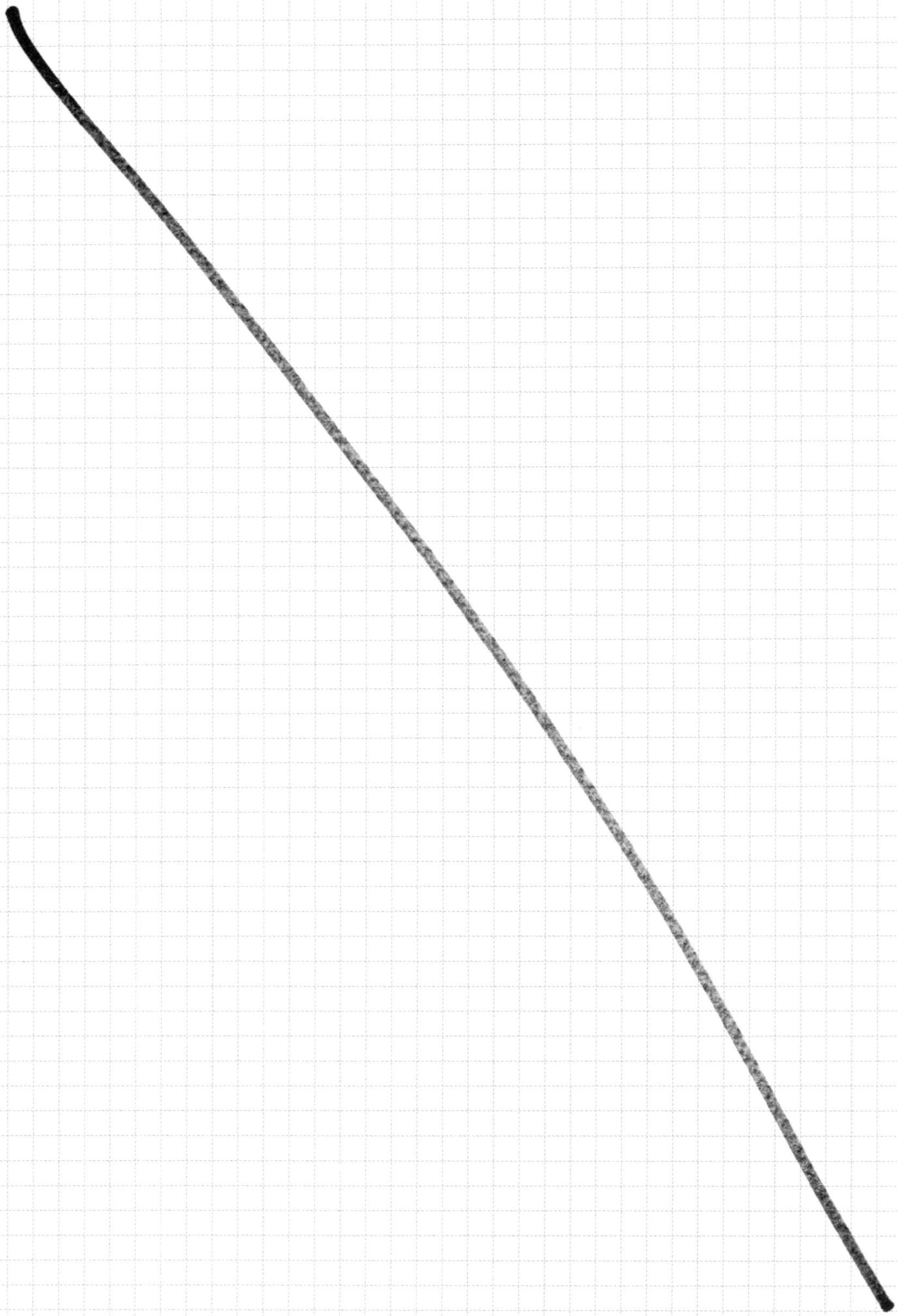

- A síndica dona Faustina ficou indignada com o que o zelador está fazendo comigo. Ela acha inconcebível e disse que o condomínio tem orgulho de ter um artista como eu como um morador. Na hora que fui falar do preconceito, ela me interrompeu e nem me deixou terminar. Disse que uma coisa dessas pode inclusive dar justa causa. O que o zelador tem com a vida pessoal de nós moradores? Eu sou um artista. Por isso ela pediu para eu escrever uma carta, colocando por escrito tudo o que aconteceu, que ela vai levar na reunião de condomínio. Vou pedir ajuda para o meu linguista.

- Com relação à amizade entre os dois: os documentos e objetos de viagem mostram a união entre eles. A caixa poderia conter, além dos passaportes e canhotos de passagem, bilhetes, notas fiscais e comprovantes de estadia. (Adequar isso na forma de projeto).

- Quanto ao fuzilamento, quais objetos, se fosse ser para colocar dentro de uma caixa, simbolizariam o que aconteceu no paredón? Uma bala de fuzil seria muito direto? Talvez seja adequado juntar a boina do Hugo Chávez, uma bala de fuzil, um pedaço de cordão que serviria para amarrar os coitados, e uma réplica de papelote de cocaína. Como é só projeto, não faz mal quanto à cocaína.

- Tudo isso poderia ficar dentro da boina do Hugo Chávez: uma bala de fuzil, a corda, um papelote de cocaína e algo mais que simboliza o paredón. Tudo dentro da boina do Hugo Chávez.

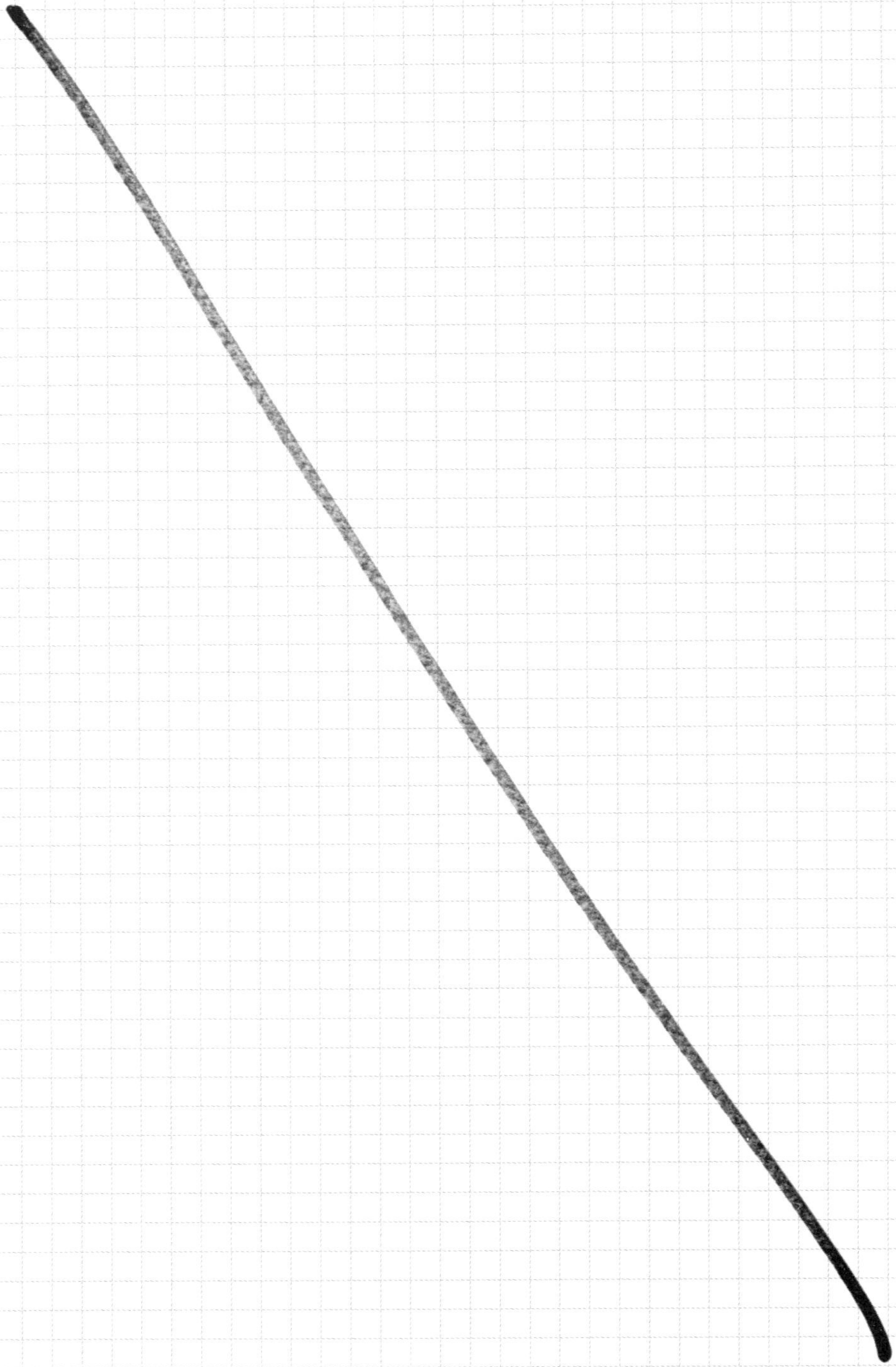

- O Andrew me disse que a Paula Cooper Gallery de Nova Iorque está comprando cadernos de artistas. Ele me disse para ver um do Carl Andre de modelo. Segundo ele, se eu não conseguir fazer o projeto, posso tentar um caderno com recortes de jornal, esboços, notas, coisas assim.

- Outra ideia que ele me deu (gostei mais) foi a de dar um jeito de colocar Jean Charles no projeto. Com isso, a chance de vender em Londres aumenta.

- Ideia: tentar uma sequência de fotos do rosto de Jean Charles que dê uma ideia de velocidade. Isso pode simbolizar a corrida que ele deu para dentro do metrô de Londres. Cf. se ele correu mesmo. Já não lembro bem.

- Ficar com o projeto. Para fazer o caderno, eu teria que depois ao menos escrever um resumo e uma apresentação dele em inglês. Não quero sobrecarregar o meu linguista, ele já tem feito muito por mim e o meu inglês não está tão bom. O meu linguista podia dar para mim umas aulas de inglês.

- O que vai simbolizar os EUA? As lâmpadas simbolizam a cidade da fronteira mexicana. Reproduzir o brilho opaco e envelhecido de algumas em uma folha a ser inserida no projeto.

- Inserir essa folha no projeto.

- Os EUA são o outro lado. Talvez eu possa pensar naqueles letreiros lindos de Manhattan, as propagandas e a luz forte. O México: luz opaca; os EUA: luz forte.

- Minas Gerais, origem de Juliard e de Hermínio: trevas.

O meu linguista vai adorar

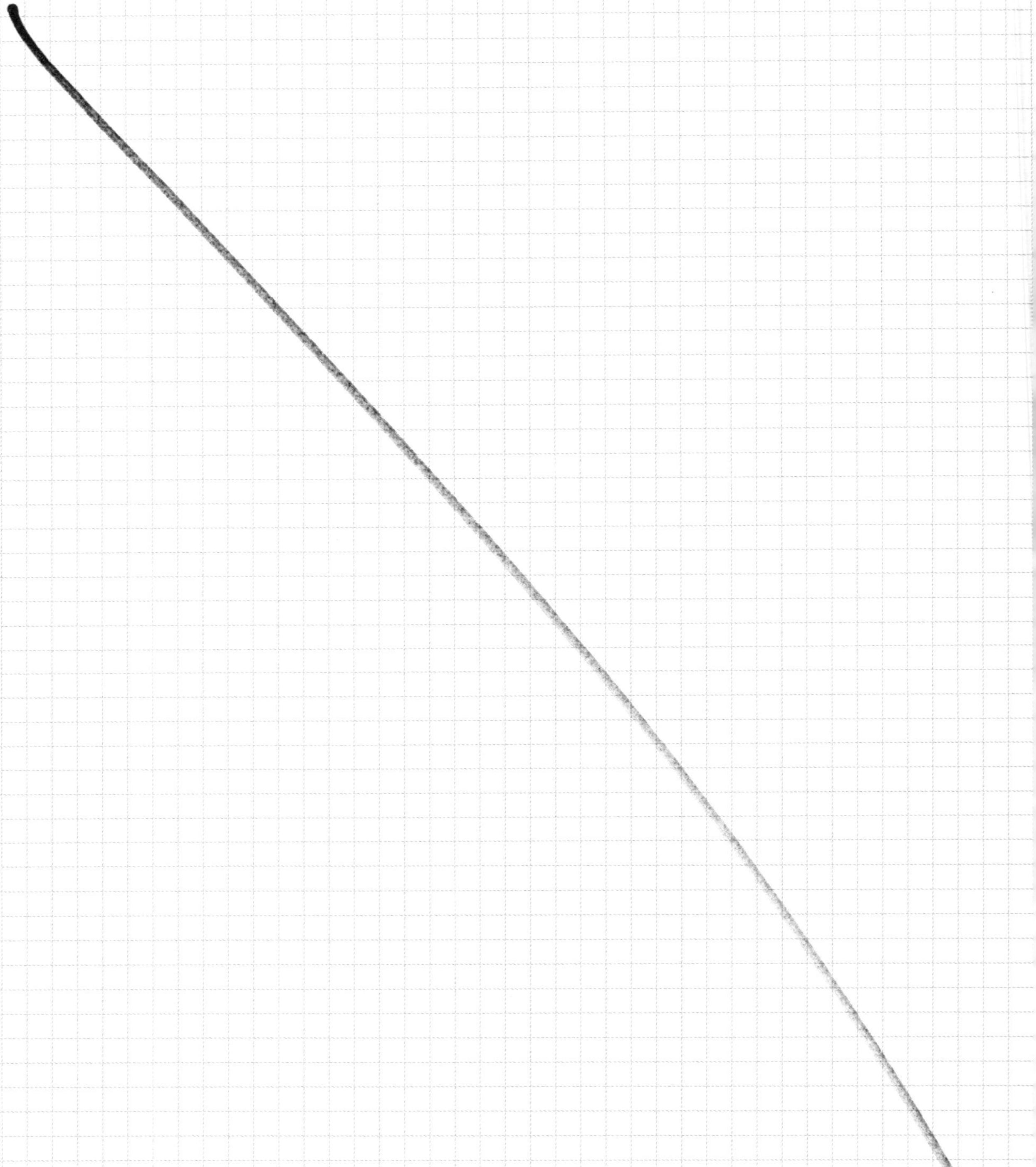

- Estou sentindo uma excitação artística que quase nunca antes eu vivi. Talvez só durante a Bienal. Se bem que acho que nem naquela época. Na Bienal eu era imaturo. Fiquei excitado mais por ter sido selecionado do que pela descoberta estética em si. Agora não, desde que o linguista me ligou estou agitado: ele descobriu que Juliard é parente distante, mas mesmo assim de sangue, de Jean Charles. É uma rede, ele me disse, preciso explorar isso. Achei muito fofo da parte dele ter ido pesquisar para me ajudar. Só a variação linguística já tinha sido uma coisa mágica, agora mais isso! Ele disse que eu sou o artista e ele é o pesquisador. Eu faço arte e ele pesquisa. Ele dá para mim a informação que descobriu e eu vejo o que fazer com ela. Artistas maduros como eu, ele disse e eu vi que ele disse até com orgulho, precisam estar muito informados. Achei que isso nunca ia acontecer comigo. Ele foi muito querido.

- Posso tentar uma árvore genealógica para no fim indicar o parentesco de Jean Charles e Juliard. No projeto escrevo que na caixa ela iria em tamanho A3. Nesse caso é bom porque Hermínio iria encontrar uma tia nos EUA. Com isso já indico então o parentesco envolvido.

- Cf. se meu tio tem informação sobre esse tipo de criminalidade.

- Fechar assim: a história deles no Brasil fica descrita através de documentos no banco. Primeiro uma carta oficial avisando que finalmente a família vai ter uma conta. Então ajunto uma pilha de papéis diferentes, que vão de estratos a cartões magnéticos. Provavelmente a família de um dos dois vai estar no cheque especial, claro.

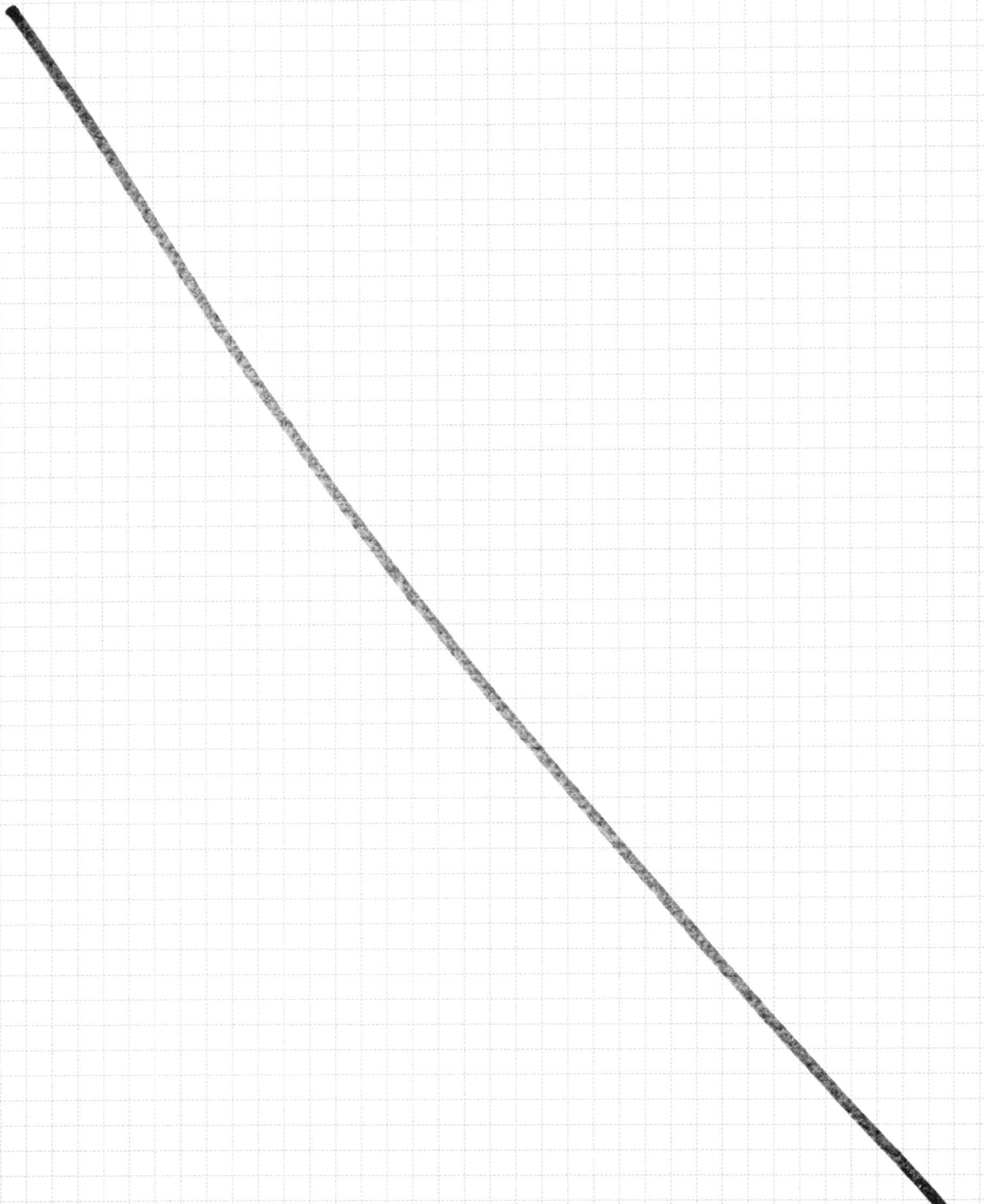

- Agora esse zelador não perde por esperar. Ignorante analfabeto

- O fato é que nessas cidadezinhas mineiras que muita gente vai embora a morte é muito presente. Meu linguista percebeu isso muito bem: a mãe de Juliard morreu há alguns meses antes dele tentar entrar no EUA. Um irmão dele se suicidou. Um irmão de Herminio foi assassinado. Para simbolizar essa grande presença da morte, além de indicar que a correspondência cromática de Minas Gerais é com a treva, posso também gravar um CD com diversas ladainhas e outras músicas típicas do interior que simbolizam essa grande presença da morte.

- Já o projeto pode conter o CD. Se eu não me engano existe uma poesia do Manuel Bandeira sobre a morte. Cf. com o meu linguista.

- Preciso ainda pensar em outras cartas. Só o pai de Juliard escreve, não há resposta da família de Herminio. Como as cidades não são assim tão distantes, talvez o pai possa insinuar em uma carta que quer visitar eles. Mas depois diz que não vai porque tem medo que eles estejam bravos com ele. Nesse momento repete que sabe, pelo amor de deus, que o filho nunca foi de usar drogas.

- Por falar em drogas o projeto da caixa precisa deixar bem claro o poder desse tipo de máfia mexicana.

- Ainda não estou satisfeito com as questões de religiosidade no projeto da caixa.

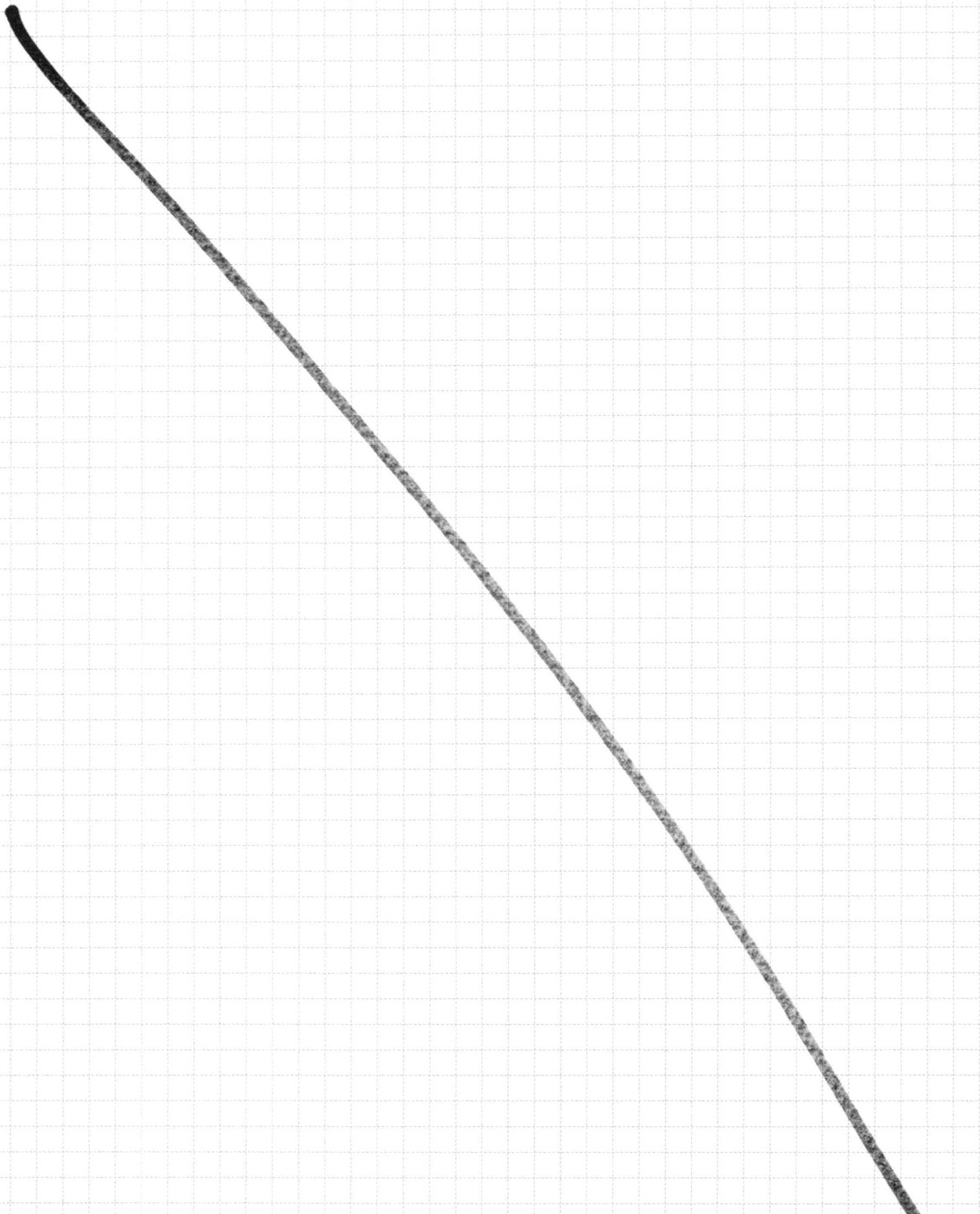

- Projeto de caixa bolivariana. Cf. o título.

- Posso colocar no projeto um estudo de como a caixa seria revestida. Lembrar que a parte externa dos lados representaria un paredón. Vai ter uma pichação;

- Um dos itens da caixa seria uma representação cromática do tripé Minas Gerais-México-EUA. A representação deve ser a seguinte: trevas-luz opaca-linda.

- Haverá no interior da caixa uma pasta com uma série de documentos que refletem a mudança na vida da família de Juliard com a bolsa família. Um detalhe: dar um jeito de criar documentos que mostram que o pai não comunicou a morte da mãe e continuou sacando o dinheiro. A conta sempre fica negativa.

- A amizade antiga dos dois será simbolizada por documentos de viagem. Passagens em bancos ao lado no ônibus, hoteizinhos vagabundos, coisas assim.

- Tem muita morte nessas cidades. Isso será simbolizado com um CD de ladainhas. Mas tem muito nascimento também. Essa gente tem muito filho. É só ver o filho da puta do zelador aqui.

- Não esquecer de agradecer ao meu linguista. Ter conhecido ele é o melhor que un paredón me deu, mais que o dinheiro da venda.

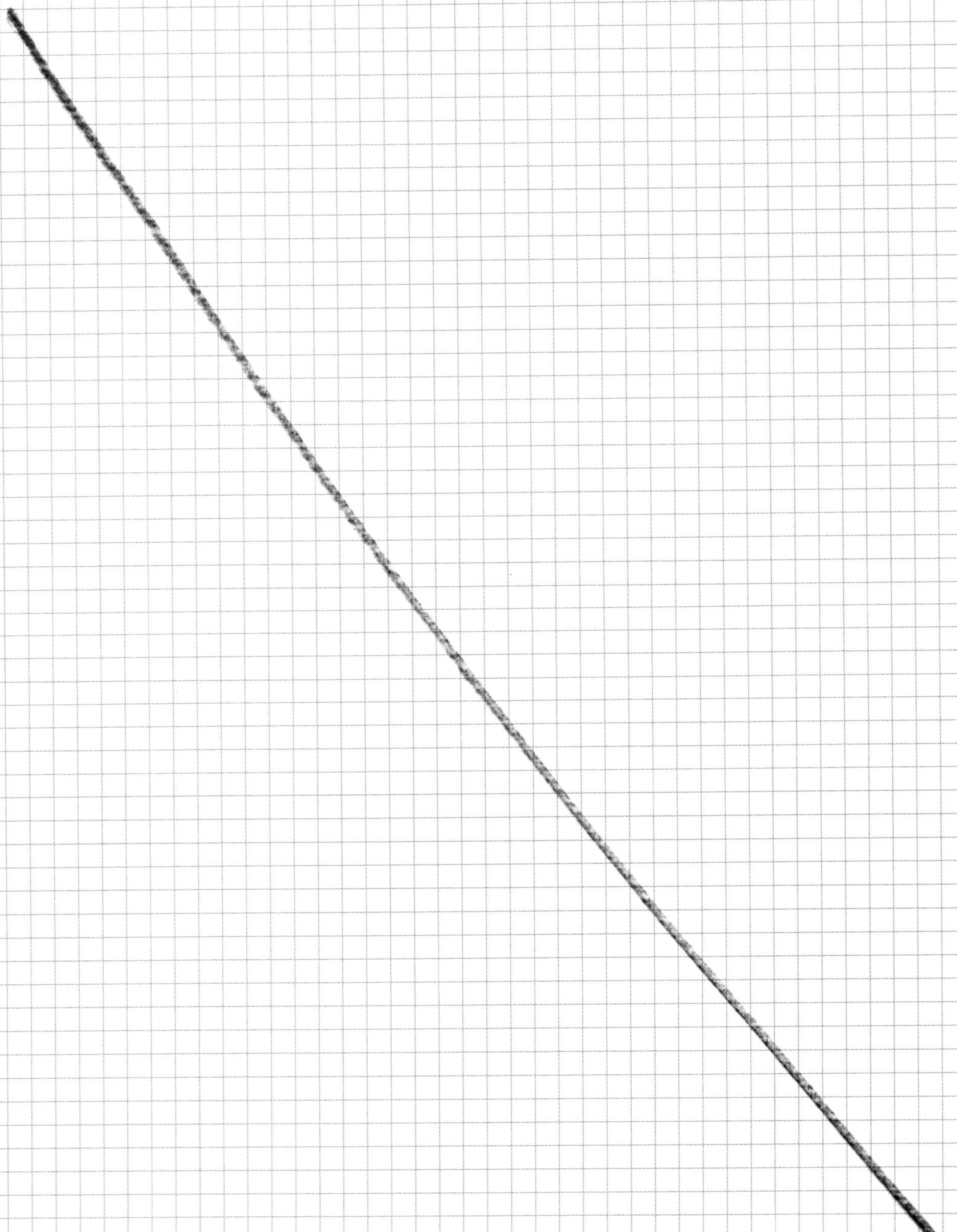

São Paulo, 9 de dezembro de 2010

Excelentíssima sra Faustina, síndica do edifício Notre Chatêau:
venho por meio desta relatar fatos deploráveis que vem acontecendo comigo desde que convidei o zelador a solicitar que sua esposa me auxiliasse em uma obra que estou realizando p/ vendê-la a alguma intituição européia.
Eu precisava de alguém que escrevesse alguns textos à mão e que tivesse um português parecido com o português dos pais das vítimas do massacre dos Zetas, que ocorreu na fronteira do México com os EUA.
Todos sabem do compromisso da minha obra.
Pois bem: quando pedi o sr. zelador ficou muito nervoso e aos berros me respondeu que sua esposa não é nenhuma analfabeta o que eu nunca disse. Tentei por todos os modos que ele

→

se acalmasse, inclusive presenteando-lhe com um panetone. A situação só tem piorado e agora toda vez que me encontra ele fica alterado, o que tem me deixado com medo e também agravado a minha condição de luto pela morte do meu irmão, que todos sabem. Todos aqui do edifício Notre Chateau conhecem meu compromisso com o coletivo e a minha seriedade enquanto morador e artista. Por isso venho por meio deste pedir providências pois o convívio entre mim e ele não está sendo possível. Sem mais, subscrevo-me.

Fernando Tobias

ANEXO 6
Correspondência, rascunhos de projeto de mestrado de João Tobias e notícias do período, a partir de pesquisa de Ricardo Lísias.

São Paulo, Brasil, 30 de setembro de 2010

Excelentíssimo senhor Rafael Correa, Presidente da República Bolivariana do Equador:

Sei que o senhor (nem é essa minha intenção) não vai provavelmente ler essa carta, por isso inclusive resolvi escrever em português. Agradeço a sua compreensão. Desde que comecei a planejar meus documentários, frequento um curso de espanhol. Acho que eu teria condições de tentar escrever no idioma do senhor mesmo, mas estou um pouco nervoso e então não vou nem tentar.

Como eu estava dizendo, não me importo que o senhor não vai ler essa carta, provavelmente. Imagino que nesse momento muitas outras pessoas estejam tentando apoiar o senhor, e essa é a melhor forma que tenho para fazer isso, ao menos até agora. Se eu estivesse aí em Quito, sairia na rua, como vi na internet que muitas pessoas estão fazendo.

Vou enviar essa carta por sedex internacional, assim ela chega mais rápido. Sei que muita gente faz isso pelo mundo. Serve ao menos para aumentar o volume e deixar esses canalhas saberem que o senhor não está sozinho.

Meu nome é João Tobias. Acabei de me formar em sociologia aqui na USP, a maior universidade da América Latina. Mas minha paixão é o cine-documentário e eu estou planejando uma série deles, talvez média metragem, ainda não sei, sobre o que vem acontecendo com a política na América do Sul ultimamente.

Espero que o senhor se saia bem dessa, até porque planejo entrevistar cada um dos presidentes que se autodenominam socialistas bolivarianos. Tenho muita simpatia por vocês e quero entender melhor o que está acontecendo no nosso continente. Por isso também a notícia do golpe me deixou chocado.

Tenho certeza de que o senhor vai se sair bem disso tudo. O senhor é um homem corajoso e forte, já enfrentou muita coisa, não vai se abater por isso.

Vou continuar procurando informações e torcendo. Amanhã mando essa carta.

Com todo respeito e admiração,
João Tobias

RESUMO

O objetivo desse projeto de mestrado é apresentar uma pesquisa que pretende documentar a ascenção dos governos de esquerda bolivariana na América do Sul. Reagindo a filmes no estilo *Tropa de elite*, até para mostrar que no Brasil não é apenas isso que se faz, proponho uma série de documentários, em média ou longa metragem, que demonstrem como boa parte da população de tais países apóia a ascenção de tais governos bolivarianos. O subtexto histórico será o lugar do Brasil na América Latina. Somos ou não latino-americanos? A linguagem será a linguagem dos documentários recentes realizados por Eduardo Coutinho e João Moreira Salles, tentando uma síntese dessas duas linguagens. Parte de cada documentário será composta por entrevistas com os próprios presidentes, sendo entre eles Evo Morales, Rafael Correa, Hugo Chavez e Fernando Lugo, entre outros.

PALAVRAS-CHAVE:

novas esquerdas bolivarianas; novo documentário brasileiro; entrevistas com presidentes; somos ou não latino-americanos?

PARAGUAI

GOVERNO DIZ QUE LUGO NÃO SE AFASTARÁ DO CARGO POR DOENÇA

DE SÃO PAULO – O chefe do Gabinete Civil do Paraguai, Miguel Lopez Perito, disse ontem que políticos conservadores estão pedindo o afastamento de Fernando Lugo após sua internação de emergência em São Paulo por uma complicação do câncer linfático.

"Temos abutres na política. Eles vão ter que esperar 2013 [ano de eleição], vão ter que trabalhar muito", disse.

Lugo se recupera do câncer e já superou a trombose que causou a internação. Ele deve voltar ao Paraguai amanhã.

De: João Tobias <jotobi@yahoo.com.br>
Para: prof. dr. Vladimir Safatle <safatlevladimir@fflch.usp.br>
Data: 1 de outubro de 2010, 12:46
Assunto: Re: projeto de mestrado em cinema

Obrigado por ter lido o meu projeto de mestrado sobre as esquerdas bolivarianas com tanta rapidez. Devo dizer que a sua recusa incondicional me decepcionou um pouco. Peço que o senhor reconsidere. Vou espor meus argumentos abaixo:

a. O fato que eu não sou formado em filosofia não me impede de conhecer filosofia, por exemplo como muitos dos grandes cineastas da história do cinema, que foram pessoas cultas. Fiz muitos cursos e também sempre vejo o senhor falando de outros assuntos que não são filosofia.

b. Não vejo problemas em fazer documentários como mestrado em filosofia, já que vou também fazer uma introdução.

c. Quanto aos meus problemas com a língua portuguesa, não parecem tão grandes. A demais, sou um cineasta (mesmo que jovem e formado em sociologia). Minha obrigação é filmar. Ainda assim posso revisar tudo ou ver se alguém na agência do meu pai não pode fazer isso.

d. Creio que meu projeto tenha relevância sim, visto por exemplo o que vem acontecendo nesse exato momento que lhe escrevo com Rafael Correa no Equador.

e. Não acho impossível entrevistar esses presidentes. Eles são pessoas democráticas e aceitam conversar sobre suas ideias. Hugo Chavez recebeu Oliver Stone, por exemplo. E a partir do ano que vem, Lula vai morar em São Bernardo do Campo. Se ele se encaixar na definição de esquerda bolivariana, vou entrevistar ele.

f. Além disso, se uma série de documentários é muita, posso fazer apenas um longa metragem.

g. Não terei problemas, ao contrário do que o senhor disse, com o aparato técnico. Meu pai tem uma agência de publicidade e é sócio de uma produtora. Sei por exemplo que eles vão comprar logo uma filmadora Sony HVR-HD1000, que eu poderei pegá-la emprestado.

Dessa forma peço que o senhor reconsidere sua resposta, obrigado, João Tobias.

TELEGRAMA

Para enviar telegrama ligue 0800 5700100 ou acesse www.correios.com.br

Conteúdo da mensagem

Presidente Rafael Correa:

Escrevi ontem ao senhor e agora vim mandar esse telegrama. Estou chocado com as notícias que o senhor está preso num hospital. Achei o endereço desse hospital na internet. Coragem. Eu queria estar aí para ir nas ruas como vi que as pessoas estão fazendo. Mas não posso, porque Fernando Lugo está no Brasil e vou tentar entrevistar ele. Coragem de novo, presidente, não vamos fracassar.

Postado via INTERNET, 01/10/2010 às 19:50.

REMETENTE

João Tobias
Rua Heitor Penteado 1739 apto. 41
Sumarezinho
05437-001 São Paulo/SP

USO EXCLUSIVO DOS CORREIOS

- 1 ☐ Mudou-se
- 2 ☐ Ausente
- 3 ☐ Desconhecido
- 4 ☐ Endereço insuficiente. Faltou:............
- 5 ☐ Outros (Especificar)............
- 6 ☐ Recusado
- 7 ☐ Falecido
- 8 ☐ Não existia o número indicado

DESTINATÁRIO

Rafael Correa
Hospital Militar Nacional
Calle Blanca Dadonez 231
Quito Ecuador

PE 01/10 12:05

NÚMERO DO TELEGRAMA

MZ185451981BR 14558

TL4H TPC 01/10/2010

De: João Tobias <jotobi@yahoo.com.br>
Para: prof. dr. Vladimir Safatle <safatlevladimir@fflch.usp.br>
Data: 2 de outubro de 2010, 15:08
Assunto: Re: Re: projeto de mestrado em cinema

Caro Professor Safatle, não entendo porque o senhor está sendo grosso comigo, vai ver que é só porque não fiz filosofia. Eu nunca disse para o senhor que eu sou o Oliver Stone ou me comparei com o Oliver Stone. Falei que era possível. Se o senhor não quer ser meu orientador, tudo bem então.

E só para o senhor saber como o senhor é um prego, acabo de conseguir uma entrevista com Fernando Lugo, seu prego, pois meu tio conhece as pessoas que estão na segurança dele. Conheço muito bem a arrogância de muitos professores da USP, pode ficar com a sua vaga de mestrado seu pregão. Eu não sou o Oliver Stone mas o senhor também não é bosta nenhuma, seu prego.

FNAC BRASIL LTDA.
PINHEIROS - SÃO PAULO - SP - 05419-020
Fone (011) 3579-200 Fax: (011) 3579-2000

NOTA FISCAL
☐ SAÍDA ☐ ENTRADA

Nº
201750

SÉRIE 3

4ª VIA
FISCO ORIGEM

DATA LIMITE
PARA EMISSÃO
00/00/00

NATUREZA DA OPERAÇÃO	CFOP	INSCR EST. DO SUBSTITUTIVO TRIBUTÁRIO	CNPJ / INSCRIÇÃO ESTADUAL
VENDA MERCAD. SUBTRIB VM	5405		

DESTINATÁRIO / REMETENTE

NOME / RAZÃO SOCIAL			CNPJ / CPF	
AGÊNCIA LATINO AMERICANA DE PROPAGANDA RESPONSÁVEL LTDA.			73.092.412/0001-91	
ENDEREÇO		**BAIRRO / DISTRITO**	**CEP**	
AV BRASIL, 2189		JARDINS	01431-001	
MUNICÍPIO	**FONE / FAX**	**UF**	**INSCRIÇÃO ESTADUAL**	
SÃO PAULO		SP		

DATA DE EMISSÃO
02/10/2010
DATA DA SAÍDA/ENTRADA
HORA DA SAÍDA

DADOS DO PRODUTO

CÓDIGO DO PRODUTO	DESCRIÇÃO DOS PRODUTOS	C.F.	SIT. TRIB.	UNID.	QUANT.	VALOR UNITÁRIO	DESCONTO VALOR	VALOR TOTAL	ALIQ. ICMS
33642	FILMADORA SONY HVR-HD1000		260	UN	01	R$ 2.699,00		R$ 2.699,00	

PRESTAÇÃO DE SERVIÇOS

CÓDIGO DE SERVIÇO	DESCRIÇÃO DOS SERVIÇOS PRESTADOS	INSCRIÇÃO MUNICIPAL
		VALOR DO ISS
		TOTAL DOS SERVIÇOS

CÁLCULO DO IMPOSTO

BASE DE CÁLCULO DO ICMS	VALOR DO ICMS	BASE DE CÁLC. DO ICMS SUBSTITUIÇÃO	VALOR DO ICMS SUBSTITUIÇÃO	VALOR TOTAL DOS PRODUTOS
VALOR DO FRETE	VALOR DO SEGURO	OUTRAS DESPESAS ACESSÓRIAS	VALOR TOTA DO IPI	VALOR TOTAL DA NOTA R$ 2.699,00

TRANSPORTADOR / VOLUMES TRANSPORTADOS

NOME / RAZÃO SOCIAL	FRETE POR CONTA 1 - EMITENTE 2 - DESTINATÁRIO	PLACA DO VEÍCULO	UF	CNPJ / CPF
ENDEREÇO	MUNICÍPIO		UF	INSCRIÇÃO ESTADUAL

QUANTIDADE	ESPÉCIE	MARCA	NÚMERO	PESO BRUTO	PESO LÍQUIDO

DADOS ADICIONAIS

RESERVADO AO FISCO

Posto Fiscal: PF C430 IBIRAPUERA

Nº DE CONTROLE DO FORMULÁRIO 354018

RECEBI(EMOS) DE **FNAC BRASIL LTDA.**, OS PRODUTOS E/OU SERVIÇOS CONSTANTES DA **NOTA FISCAL SÉRIE 3** INDICADA AO LADO.

DATA DO RECEBIMENTO	IDENTIFICAÇÃO E ASSINATURA DO RECEBEDOR	NOTA FISCAL SÉRIE 3 Nº

De: José Sotto <cjsotto@mmrree.gov.ec>
Para: João Tobias <jotobi@yahoo.com.br>
Data: 4 de outubro de 2010, 10:03
Assunto: Re: documentario

Estimado João Tobias:

Me acuerdo de su padre, claro, y del apoyo que brindó a la inauguración del primer restaurante de comida ecuatoriana en San Pablo. Pero nunca me dijo que tenia un hijo cineasta.

Le agradezco su preocupación sobre la situación en Ecuador. Creemos que todo está volviendo a la normalidad. Sobre la posibilidad de que su equipo entreviste al presidente presidente Rafael Vicente Correa Delgado, espero que usted comprenda la dificultad que existe para que eso suceda en breve, ya que la situación es muy delicada y seguramente el presidente dedique las próximas semanas para volver a las rutinas de la mejor manera posible.

Sin embargo, conversé con nuestra cónsul y ella elogió la iniciativa de su equipo. Un amplio documental sobre la situación política de la América Latina contemporánea es una admirable iniciativa, sobre todo si se realiza con la calidad y la infraestructura que usted describe.

Rafael Vicente Correa Delgado es un hombre democrático y accesible. Si el Consulado y después la Embajada se organizan, quizás podamos agendar un horario para usted, el resto de su equipo y los productores, para enero o febrero del año que viene. Ciertamente nuestro presidente se va a entusiasmar con esta idea. Vamos a mantener contacto.

Cordialmente,
José Sotto.

LEONILDA APARECIDA CORDEIRO
RUA PARÁ, 173 - SALA 3 - SÃO PAULO, SP - TEL. (11) 3003-2827 - CEP 01243-020
E-MAIL: LEO.TRADUCAOJURAMENTADA@BOL.COM.BR
TRADUÇÃO Nº 7605-20

TRADUÇÃO JURAMENTADA

De: José Sotto <cjsotto@mmrree.gov.ec>
Para: João Tobias <jotobi@yahoo.com.br>
Data: 4 de outubro de 2010, 10:03
Assunto: Re: documentario

Estimado João Tobias:

Lembro-me de seu pai, é claro, e do apoio que nos deu na inauguração do primeiro restaurante de comida equatoriana em São Paulo. Mas ele nunca havia me dito que tinha um filho cineasta.

Agradeço sua preocupação sobre a situação no Equador. Cremos que tudo está voltando ao normal. Sobre a possibilidade de sua equipe entrevistar o presidente Rafael Vicente Correa Delgado, espero que compreenda a dificuldade que há para que isto ocorra tão logo, posto que a situação é muito delicada e certamente o presidente dedicará as próximas semanas para que tudo volte ao normal da melhor maneira possível.

No entanto, conversei com nossa cônsul e ela elogiou a iniciativa de sua equipe. Um extenso documentário sobre a situação política da América Latina contemporânea é uma iniciativa admirável, sobretudo se realizada com qualidade e a infraestrutura por você descrita.

Rafael Vicente Correa Delgado é um homem democrático e acessível. Se o Consulado e depois a Embaixada se organizarem, talvez possamos obter um horario para você, o resto de sua equipe e com os produtores, para janeiro ou fevereiro do ano que vem. Decerto nosso presidente vai se animar com essa ideia. Vamos mantendo contato.

Cordialmente,
José Sotto.

NADA MAIS constava no referido documento que devolvo à parte interessada com esta tradução fiel, que conferi, achei conforme e assino na data baixo. DOU FÉ.

Leonilda Aparecida Cordeiro
Tradutora juramentada

Parlamento Latinoamericano 1964-2004

Ediciones del **40° Aniversario del Parlamento Latinoamericano**
Secretaría General

De los PLANES de GOBIERNO del GENERALISIMO FRANCISCO DE MIRANDA a la HIPOTESIS CONSTITUCIONAL Latinoamericana y del Caribe

PRESENTACION Y EDICION
Diputado Rafael Correa Flores
Secretario General del Parlamento Latinoamericano

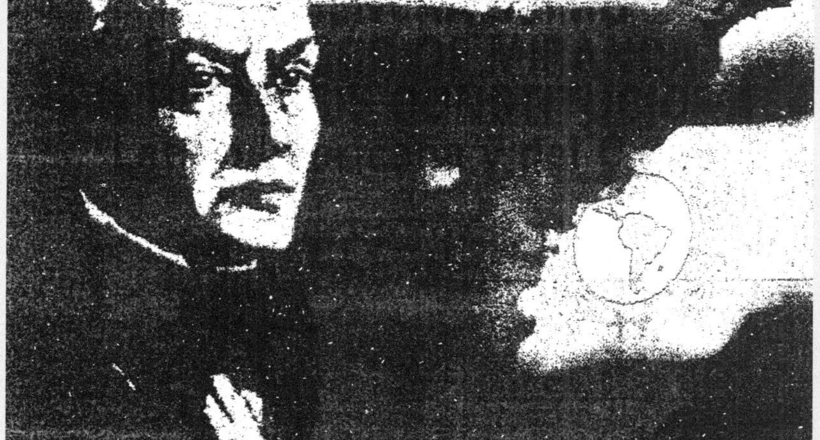

Primera Edición
Caracas, República Bolivariana de Venezuela / Caracas, Diciembre 2004

De: João Tobias <jotobi@yahoo.com.br>
Para: prof. dr. Vladimir Safatle <safatlevladimir@fflch.usp.br>
Data: 4 de outubro de 2010, 19:47
Assunto: seu prego

Prego, vim te escrever só para te dizer que já entrevistei Fernando Lugo e já tenho um horário marcado com Rafael Delgado, mesmo com toda a crise lá. Para você ver como você é um prego e não entende nada de cinema, seu metido filho da puta. Claro que eu não sou o Oliver Stone e você não é nada, seu prego. Meu documentário vai ficar pronto e eu não preciso de nada de você não.

TOBIAS/JOAO MR 05OUT GRU ZRC

BILHETE ELETRÔNICO
RECIBO DE INTINERÁRIO DO PASSAGEIRO

ESFERATUR PASSAGENS E TURI
RUA DA CONSOLAÇÃO, 247
CONSOLAÇÃO CEP: 01301-903
SÃO PAULO
IATA : 575 19652
TELEFONE : (11) 3568-4300

DATA: 05 OUTUBRO 2010
AGENTE: 1010
NOME: TOBIAS / JOÃO MR

EMPRESA EMISSORA : TACA
CNPJ : 05508556/000107
NÚMERO DO BILHETE : ETKT 724 3535466324
CÓDIGO DE RESERVA: AMADEUS: 4HWRV7, AIRLINE: LX/WMRB54

DE / PARA		VOO		CL	DATA	SAI	BASE	TARIFA	NVA	NVD	BAG	ST
SÃO PAULO	GRU	LX	0093	L	06OUT	1830	LICTACABR		06OUT	06OUT	2PC	OK
QUITO	UIO	LX	0645	T	26OUT	2020	TTACABR		26OUT	26OUT	2PC	OK

SÃO PAULO GRU LX 0093 L 06OUT 1830 LICTACABR 06OUT 06OUT 2PC OK
TERMINAL: 2 HORÁRIO DE CHEGADA: 2240
QUITO ÚLTIMA APRES. P/ EMBARQUE: 2000

QUITO UIO LX 0645 T 26OUT 2020 TTACABR 26OUT 26OUT 2PC OK
TERMINAL: 1 HORÁRIO DE CHEGADA: 0130
SÃO PAULO ÚLTIMA APRES. P/ EMBARQUE: 1930

NO CHECK-IN, POR FAVOR APRESENTE UMA IDENTIFICAÇÃO COM FOTOGRAFIA
E O DOCUMENTO FORNECIDO COMO REFERÊNCIA, NO ATO DA RESERVA.

ENDOSSOS : FARE RESTRICTIONS APLLY
TAXA DE CÂMBIO : 1.7306
COD DE VIAGEM : NS
PAGAMENTO : CC AX XXXXXXXXXXX1437/EXP0311 M 297 674 . 86 /
MSLP XXXXXXXXXXX27 728 . 54

CÁLCULO DA TARIFA: SAO LX X/OUILX LX525. 50LX X/ZRH LX
SAO434 . 50NUC960 . 00END
ROE1 . 000000XT77 . 18CH25 . 31QX9 . 21IZ9 . 46ECU25 . 91FR

TARIFA AÉREA : USD 728 . 54
TARIFA EQUIV PAGA : BRL 1325 . 33
TAXA : BRL 64 . 00BR 131 . 52YR 147 . 07XT
TOTAL : BRL 1472 . 40

AVISO
TRANSPORTE E OUTROS SERVIÇOS OFERECIDOS PELA EMPRESA AÉREA ESTÃO SUJEITOS
AS CONDIÇÕES DE CONTRATO, QUE ESTÃO AQUI INCORPORADAS COMO REFERÊNCIA.
ESSAS CONDIÇÕES PODEM SER OBTIDAS COM A EMPRESA AÉREA EMISSORA.
O INTINERÁRIO / RECIBO CONSTITUI O BILHETE DO PASSAGEIRO PARA OS PROPÓSITOS.

De: João Tobias <jotobi@yahoo.com.br>
Para: José Sotto <cjsotto@mmrree.gov.ec>
Data: 6 de outubro de 2010, 23:33
Assunto: roubo!!

Caro José Sotto, mesmo sem ter marcado um horário e te respondido vim para Quito por via das dúvidas porque quero fazer pesquisas e quem sabe entrevistar o presidente. Estou escrevendo do saguão do hotel La Cartuja, onde estou.

Quero pedir a sua intervenção pois no aeroporto fui bastante maltratado quando disse o que vim fazer aqui. Não entendi direito porque eles estavam gritando mas os polícíais gritaram comigo e no final pegaram a minha filmadora, o meu laptop, me roubaram 500 dos 1500 dólares que eu trouxe e disseram que só vão me devolver a filmadora e o laptop que ficou com eles no aeroporto se eu pagar 1000 dólares. Eu vi agora que minha máquina fotográfica também sumiu mas eles não disseram nada sobre isso. Desse jeito o documentário não vai dar certo. Peço que você comunique tudo isso ao embaixador e se possível a Rafael Delgado, que já não está no hospital faz tempo.

Meu tio trabalha na polícia em São Paulo e pode nos ajudar, ele chama-se Paulo Tobias. Por favor se puder procure por ele que ele conhece muita gente.

Mas amanhã eu vou também a uma delegacia fazer o boletim de ocorrência até porque a filmadora tem seguro, obrigado, João Tobias.

De: PauloTobias <tobiaspaulo@uol.com.br>
Para: Roberto Emerenciano da Glória Furtado <furtadodagloria@pf.org.br>
Data: 7 de outubro de 2010, 19:47
Assunto: ajuda

Caro Emerenciano, você sabe se há algum adido policial locado no Equador? Está acontecendo alguma merda com meu sobrinho por lá e estamos precisando de ajuda. Abraço, P Tobias.

8 de octubre de 2010

Estimado señor Luis Tobias:

En nombre del cuerpo diplomático ecuatoriano en Brasil, lamento profundamente lo sucedido con su hijo. Quedo a su disposición para todo lo que usted necesite. El número de teléfono del Consulado es 2768-7829. Nuestras autoridades están tomando todas las medidas necesarias y lo mantendremos informado de todo.

Cordialmente,

José Sotto.

LEONILDA APARECIDA CORDEIRO
RUA PARÁ, 173 - SALA 3 - SÃO PAULO, SP - TEL. (11) 3003-2827 - CEP 01243-020
E-MAIL: LEO.TRADUCAOJURAMENTADA@BOL.COM.BR
TRADUÇÃO Nº 7695-36

TRADUÇÃO JURAMENTADA

8 de outubro de 2010

Estimado senhor Luis Tobias:

Em nome do corpo diplomático equatoriano no Brasil, lamento profundamente o que ocorreu com seu filho. Coloco-me à disposição para o que precisar. O número de telefone do Consulado é 2768-7829 . Nossas autoridades estão tomando todas as medidas necessárias e o manteremos informado de tudo.

Cordialmente,
José Sotto.

NADA MAIS constava no referido documento que devolvo à parte interessada com esta tradução fiel, que conferi, achei conforme e assino na data baixo. DOU FÉ.

Leonilda Aparecida Cordeiro
Tradutora juramentada

LEONIDA APARECIDA CORDEIRO
TRADUTORA PÚBLICA

Das agências de notícias

O publicitário Luis Tobias desembarcou na madrugada de hoje em Quito, capital do Equador, para tratar do traslado do corpo do seu filho, João Tobias, para o Brasil. O rapaz foi encontrado morto ontem pela manhã com quatro tiros, em um descampado na periferia da cidade. Segundo o publicitário, seu fil

SERVIÇO PÚBLICO FEDERAL
MJ - DEPARTAMENTO DE POLÍCIA FEDERAL
SUPERINTENDÊNCIA REGIONAL EM SÃO PAULO
DELEFAZ/SR/DPF/SP

PORTARIA

JOSÉ ADÉLCIO FONSECA E SOUZA LIMA, Delegado de Polícia Federal, lotado e em exercício na DELEFAZ/SR/DPF/SP, no uso das atribuições conferidas pelo artigo 144, inciso IV da CF e artigo 4º e seguintes do CPP.

CONSIDERANDO a decisão do juiz Fausto Amêndolo Gama Alves, que, acatando pedido de Ricardo Lísias, forneceu os nomes dos denunciantes que deram origem ao IPL nº 0069/2015-1, que encaminho a Notícia de Fato nº 123. 376. 2373849/2016-46;

CONSIDERANDO que o expediente supra noticia que em 18 de setembro de 2014, Cecilia Arbolave, João Cezar Varella e Thiago Blumenthal, sócios da editora Lote 42, teriam em tese usado expedientes da Justiça Brasileira e da Polícia Federal para supostamente conseguirem a publicação de um livro;

CONSIDERANDO que os fatos comunicados podem, em tese, amoldar-se ao tipo penal previsto no artigo 339 do CPB;

RESOLVE instaurar o presente Inquérito Policial com vistas a investigar e concluir sobre a possível ocorrência de delitos supra especificados, e ainda outros que possam surgir durante as investigações;

ADOTEM-SE, por ora:

1. Remetam-se os autos para as providências de praxe.

São Paulo, 18 de abril de 2016

Delegado José Adélcio Fonseca e Souza Lima
Delegado de Polícia Federal
1ª classe, matrícula nº 25.165793046792

MINISTÉRIO PÚBLICO FEDERAL / SALA DE ATENDIMENTO AO CIDADÃO

Notícia de fato nº 123. 376. 2373849/2016-46

—

Nome do manifestante: Ricardo Lísias

DENÚNCIA

Data do fato: 4 de abril de 2016
Município do fato: São Paulo
Estado do fato: São Paulo

DESCRIÇÃO

No segundo semestre de 2015 fui surpreendido pelo fato de que um grupo de jornalistas havia feito uma denúncia, por esse mesmo canal, acusando-me de falsificação de documentos públicos. Como ficou provado depois, as alegadas falsificações faziam parte de um e-book que eu estava escrevendo, com uma extensão na rede social Facebook. A denúncia me causou estranheza, pois não apenas era fácil notar o caráter ficcional do texto, como a publicação dos e-books estava em andamento e era de conhecimento público.

O inquérito me acarretou diversos problemas. Por isso, após o arquivamento, solicitei o fim do sigilo dos denunciantes, para resguardar meus direitos. Surpreendentemente, descobri que se tratam de editores com quem eu estava combinando a publicação de um livro. Perplexo, procurei um dos denunciantes (Thiago Blumenthal, que até ali me parecia um cavalheiro) para saber as razões desse ato e ele me disse que a intenção era tão somente me ajudar em uma ocasional crise criativa pela qual eu estava passando e assim viabilizar a publicação do livro pela editora deles, a Lote 42.

Perplexo, solicito abertura de investigação para a elucidação do fato e apuração de possível crime.

RESPOSTA

Prezado senhor: comunicamos que recebemos seu questionamento sob o número PR SP 123. 376. 2373849/2016-46, encaminhado à divisão cabível. Acompanhe o andamento de sua denúncia através desse mesmo canal, digitando o número supracitado nos campos solicitados.

Atenciosamente.

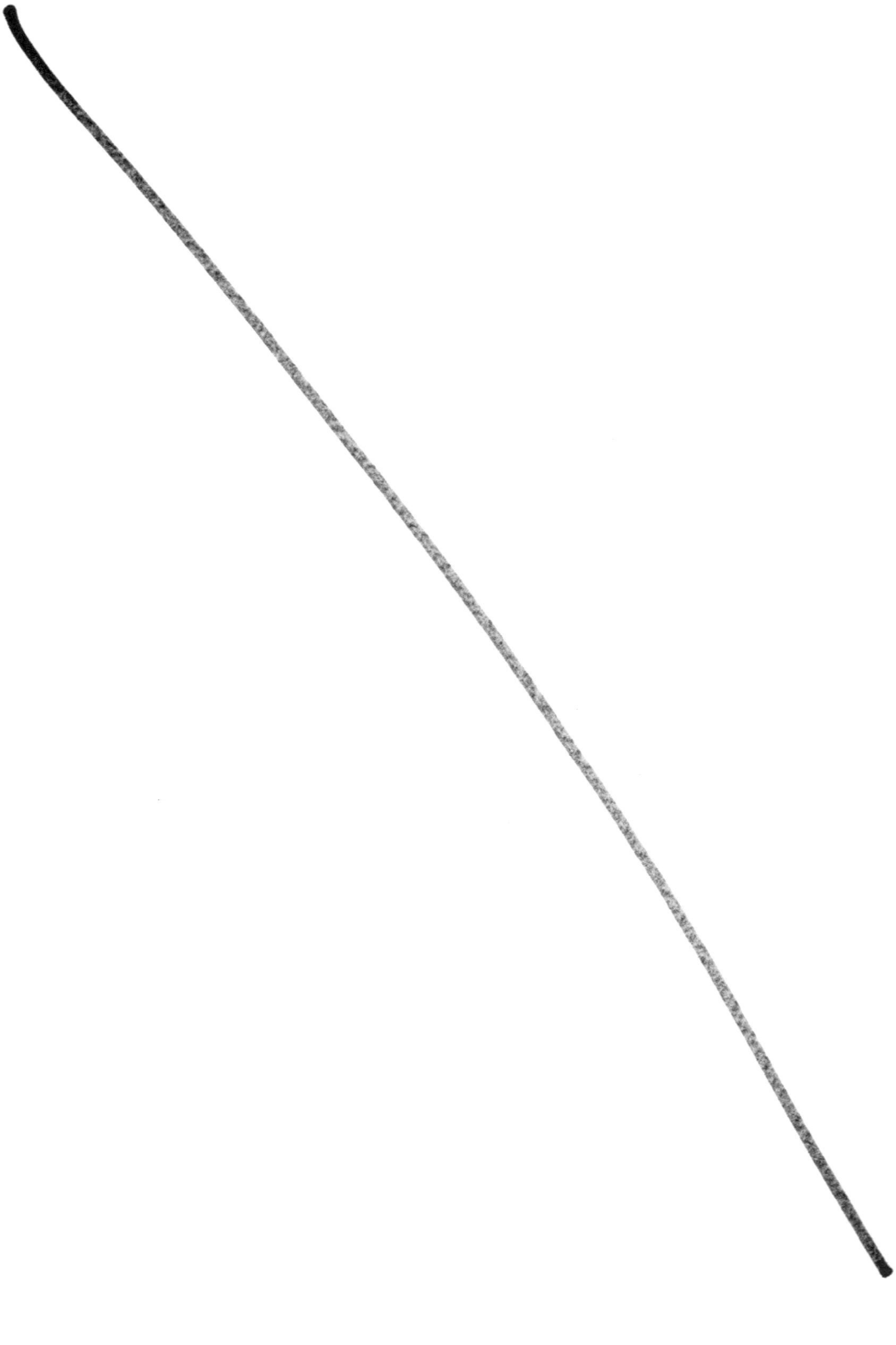

MINISTÉRIO PÚBLICO FEDERAL
PROCURADORIA DA REPÚBLICA
NO MUNICÍPIO DE SÃO PAULO

Notícia de fato nº 123. 376. 2373849/2016-46

DESPACHO

Notícia de fato instaurada para apurar suposto ato de denunciação caluniosa (artigo 339 do Código Penal).

Segundo notitia criminis os sócios da editora Lote 42, **CECILIA ARBOLAVE, JOÃO CEZAR VARELLA** e **THIAGO BLUMENTHAL** teriam feito uma denúncia criminal acusando Ricardo Lísias de crime de falsificação com o intuito único de lhe causar problemas e com isso ajudá-lo a se livrar de uma crise criativa para, assim, publicar um livro de sua autoria.

É o bastante relatório.

São indícios claros de infração ao Código Penal e portanto remeto os presentes autos à Delegacia de Polícia Federal de São Paulo para que o respectivo inquérito policial possa elucidar os fatos.

Indica-se entre outras atitudes que a douta autoridade policial julgue pertinentes a oitiva de **CECILIA ARBOLAVE, JOÃO CEZAR VARELLA** e **THIAGO BLUMENTHAL**, ou de apenas um deles, já que o delito em tese envolveria empresa da qual são sócios.

São Paulo, 10 de abril de 2016

Vanessa dos Montes Claros Lima
Procuradora da República

SERVIÇO PÚBLICO FEDERAL
MJ – DEPARTAMENTO DE POLÍCIA FEDERAL
SUPERINTENDÊNCIA REGIONAL EM SÃO PAULO
DELEFAZ/SR/DPF/SP

TERMO DE DECLARAÇÕES DE JOÃO CEZAR VARELLA:

Aos 20 dia(s) do mês de maio de 2016, nesta SUPERINTENDÊNCIA REGIONAL – SÃO PAULO, em São Paulo/SP, onde se encontrava o Dr. JOSÉ ADÉLCIO FONSECA E SOUZA LIMA, Delegado de Polícia Federal, 1ª classe, matrícula nº 25.16579304679, compareceu JOÃO CEZAR VARELLA, sexo masculino, nacionalidade brasileira, casado, filho de Patrícia Cezar Varella e Marcelo Salazar Varella, nascido aos 27/01/1985, natural de Guaíba/RS, instrução graduado, profissão Jornalista, documento de identidade nº 3085402951, CPF 043.219.899-73, residente na rua Barão de Tatuí, 275, bairro Santa Cecília, CEP 01226-030, São Paulo/SP. Inquirido a respeito dos fatos: RESPONDEU QUE é o preposto e representante da editora Lote 42; QUE inquirido se denunciou Ricardo Lísias à Justiça Federal, afirmou ter feito isso apenas como personagem do livro que o leitor tem em mãos e não como pessoa física e muito menos representante da editora supracitada; QUE inquirido sobre o que significa dizer que é personagem, alegou que tudo não passa de uma obra de ficção do próprio Ricardo Lísias e que portanto não pode responder à pergunta; QUE inquirido sobre o fato de ser uma pessoa de carne e osso e não uma personagem, aqui na Delegacia, alega que é a mesma confusão que sofreu Ricardo Lísias no inquérito que investigou o e-book Delegado Tobias; QUE inquirido por que estava rindo, respondeu que não resistiu; QUE inquirido se não estava tratando de forma indesejada uma autoridade, deixou as costas retas e disse que não; QUE inquirido se pretende continuar com isso, perguntou isso o quê?; QUE inquirido se pretendia continuar rindo durante a oitiva, respondeu que não porque não quer encerrá-la antes da hora; QUE inquirido por qual motivo afirma isso, quis saber isso o quê; QUE inquirido que isso seria o motivo de não encerrar em cima da hora, respondeu que é porque pretende publicar o livro que o leitor tem em mãos; QUE inquirido se podemos continuar, respondeu que sim, podemos; QUE inquirido se teria trocado com seus sócios as mensagens que nas próximas linhas serão reveladas aos leitores como provas, alegou que as próprias mensagens são de autoria do mesmo Ricardo Lísias, bem como esse livro todo; QUE inquirido para esclarecer, respondeu que é algo de novo equivocado; QUE inquirido sobre o que seria equivocado, respondeu que é equivocado falar dessas mensagens agora; QUE inquirido por que acha equivocado, respondeu que é porque essas mensagens só vão aparecer depois no livro, então houve uma quebra da surpresa; QUE inquirido por que o autor estaria fazendo isso, respondeu que é o autor quem está escrevendo e não João Cezar Varella; QUE inquirido se não deseja voltar ao dia a dia da polícia e parar com esses raciocínios circulares, respondeu que quem está fazendo raciocínios circulares é Ricardo Lísias, o único autor de tudo isso; QUE inquirido se está delatando Ricardo Lísias, respondeu mas por Deus!; QUE inquirido se então não é melhor continuar, respondeu que claro que sim, vamos lá; QUE inquirido sobre quais mensagens seriam essas, respondeu que são as provas que Ricardo Lísias não falsificou mas sim criou para o próprio livro e encarregou a personagem João Cezar Varella de entregá-las à Justiça para dar uma ordem à sua invenção e com isso aproveitou o ensejo para entregar a pendrive com as citadas mensagens; QUE inquirido se o fato de ser personagem de um livro não o incomodava, alegou que no início não, mas agora sim pois está tendo problemas com a polícia; QUE inquirido sobre essa história ser muito confusa, alegou que sim, mas não era preciso ter chegado a tanto, era só ler tudo com calma e um pouco de discernimento estético; QUE inquirido sobre o que estava tentando dizer, propôs um raciocínio lógico: Ricardo Lísias, em 2014, inventou a proibição do Delegado Tobias, e com isso acabou causando a confusão ora nomeada como 1 (qual seja: algumas pessoas acharam que a proibição era verdadeira), do que surgiu a confusão 2 (qual seja: um assessor de imprensa, alguns jornalistas e um advogado, um tanto precipitados, por assim dizer, fizeram uma denúncia de falsificação de documentos sem notar que se tratava de obra literária), o que acarretou a confusão 3 (qual seja: a abertura de um inquérito na Polícia Federal para investigar uma obra literária de Ricardo Lísias), o que por fim conduziu à confusão 4 (que é justamente a nova incompreensão de que a abertura do sigilo dos denunciantes é o ponto em que Ricardo Lísias decidiu continuar sua nova criação), chegando portanto à confusão 5, igual à 2: falta de discernimento entre uma coisa e outra, quais coisas sejam: ficção e realidade e de novo intimação para oitiva por causa de uma obra literária (esteja claro que a mesma que o leitor tem em mãos); QUE inquirido se tudo isso não é um enorme absurdo, respondeu que pode bem ser, mas está acontecendo; QUE inquirido sobre o que seria que está acontecendo, respondeu que esse fato de a Polícia Federal estar investigando uma obra de ficção a pedido do Ministério Público; QUE inquirido sobre como pretendia provar que agora se trata mesmo de um livro de ficção, mostrou em um impulso a ficha catalográfica:

CATALOGAÇÃO NA PUBLICAÇÃO
Bibliotecária: Fernanda Pinheiro de S. Landin CRB-7: 6304

L769i Lísias, Ricardo, 1975-
Inquérito Policial: Família Tobias/ Ricardo Lísias.
– 1. ed. – São Paulo : Lote 42, 2016. 116 p. ; 30 cm.

ISBN 978-85-66740-18-9

Ficção brasileira. I. Título.
20.03.2016 CDD: 869.3

Nada mais foi dito nem lhe foi perguntado.

AUTORIDADE ADVOGADO

DECLARANTE ESCRIVÃ

ANEXO 1

Página do expediente do livro.

Texto fixado conforme as regras do novo Acordo Ortográfico da Língua Portuguesa (Decreto Legislativo no 54, de 1995).

Edição-geral: **JOÃO VARELLA**, **CECILIA ARBOLAVE** e **THIAGO BLUMENTHAL** *(In memoriam)*
Projeto gráfico: **GUSTAVO PIQUEIRA | CASA REX**

1ª edição, 2016
1ª reimpressão, 2025

LOTE 42
Rua Barão de Tatuí, 302, sala 42
São Paulo, SP 01226-030
lote42.com.br
@lote42

EQUIPE Batista, Cecilia Arbolave, Davi Monteiro Lopes, George Leoni, Guilherme Ladenthin, Ian Uviedo, João Varella, JP Moraes, Júlia Carvalho e Natalia Varella.

O livro foi impresso na primavera de 2025 na Gráfica Viena, em Santa Cruz do Rio Pardo (SP), conforme práticas de gestão ambiental (ISO 14001). A capa foi impressa em papel Cartão Triplex C1S Ningbo 250 g/m² e no miolo foi usado o papel Avena 80 g/m² – o material tem certificação FSC do fabricante. A tipografia do livro pertence à família Chronicle Text.

Inquérito Policial: Família Tobias é o livro número 16 da Lote 42.

ANEXO 2

Diálogo por WhatsApp em 11 de setembro de 2014.

---

1. **Thiago para os sócios:** O Ricardo Lísias escreveu dizendo que está em crise e que não acha uma ideia para juntar os três sobrinhos do delegado em um livro só. Estou com medo de ele desistir.

2. **João:** De jeito nenhum. Temos um contrato, ele tem que fazer. A gente processa ele. Não processaram ele por causa do tal Divórcio?

3. **Thiago:** Acho que não, é tudo boato.

4. **Cecilia:** Também ouvi falar.

5. **Thiago:** Tem um monte de boato sobre ele.

6. **João:** Pois é, a impressão que dá é que ele manipula esses boatos.

7. **Cecilia:** Para vender livro eu acho que é muito bom. O cara vende muito livro, todo mundo sabe. Esses boatos são ótimos. Eu tenho uma amiga que leu o Delegado Tobias e acha que ele morreu.

8. **João:** Deve ter um monte de gente achando.

9. **Cecilia:** Também tem o boato de que ele é nervoso e agressivo. É melhor a gente tomar cuidado.

10. **Thiago:** Eu acho o Ricardo bastante tranquilo.

11. **Cecilia:** Será que não foi ele mesmo que inventou que o tal Divórcio foi processado?

12. **Thiago:** Talvez ele tenha aumentado os boatos, mas ouvi de outras pessoas também.

13. **Cecilia:** É verdade, falam muito mesmo.

14. **João:** Vai ver que ele nunca foi casado, quanto mais divorciado. Deve ter inventado tudo para vender livro.

15. **Cecilia:** Quando perguntam, ele fala que para o livro não interessa.

16. **Thiago:** Mas ele fala alguma coisa? Ouvi dizer que ele não responde.

17. **João:** Vamos inventar alguma coisa para o livro que ele vai fazer com a gente também.

18. **Thiago:** Isso se ele fizer mesmo o livro.

19. **João:** Vai fazer. Vamos inventar alguma coisa muito bizarra.

20. **Thiago:** Como assim?

21. **João:** Vamos denunciar ele.

22. **Thiago:** A gente? Por causa dos boatos? E boato é crime?

23. **João:** Acho que esses não, não vamos denunciar por isso.

24. **Cecilia:** Mas como a gente, João? A gente não aparece no Divórcio.

25. **Thiago:** E do nosso livro ele não desistiu ainda...

26. **João:** A gente denuncia por alguma outra coisa.

27. **Cecilia:** Como assim, João? Ele vai saber. E aí é que não publica mais.

28. **João:** Que nada, denúncia criminal é anônima.

29. **Thiago:** João, você vai acusar o cara de ladrão? Outro 7 a 1.

30. João: Nem vem, o 7 a 1 deu certo. Empatamos a grana e fizemos o maior barulho.

31. Cecilia: João, para com isso. Criar fofoca não é crime. E a gente nem sabe se ele inventa essas fofocas mesmo.

32. João: Fazemos assim: a gente denuncia o cara e dá 9 meses de prazo. Antes disso ele vai ser notificado. Aí vai ficar irritado e inventa alguma coisa. Ele vive fazendo jogo com o que acontece e não acontece. Claro que vai fazer jogo com o processo. Eu li em algum lugar que é o projeto dele. A gente só vai ajudar o projeto de um autor. Não é a nossa função como editores? Imagina como isso não vai vender livro!

33. Cecilia: Isso é um absurdo.

34. Thiago: João, melhor refletirmos sobre isso.

35. Cecilia: Como assim, denunciar o cara para a polícia?

36. João: Não é polícia, é Ministério Público. Não vai dar em nada. Vai ser arquivado, é claro. Nem vai ter andamento direito. Ele recebe uma notificação, o negócio estoura e arquivam. Aí ele faz sossegado o livro com a gente.

37. Thiago: Você está falando sério, João?

38. João: Claro. Denúncia criminal é anônima. Desencana, o cara se livra e a gente faz o livro. Não tem um boato de que quando ele fica puto é mais louco ainda?

39. Thiago: Mas que crime ele pode ter cometido?

40. Cecilia: Eu ouvi dizer que o tal Divórcio é calúnia, mas ele nega.

41. João: Mas o Divórcio não tem nada a ver com os sobrinhos do Delegado Tobias. Tem que ter a ver com o delegado.

42. Cecilia: Mas o que pode ter a ver com o nosso livro?

43. Thiago: Acho melhor não.

44. João: Vocês não viram essas denúncias que ele está colocando no Facebook? Acho que foi ontem.

45. Thiago: 7 a 1.

46. João: Olha aí, Thiago, lembra? Não foi tão ruim assim:

http://www1.folha.uol.com.br/ilustrada/2014/07/1483367-com-desconto-de-70-em-livros-apos-derrota-do-brasil-editora-esgota-estoque-em-tres-horas.shtml

47. Cecilia: O que tem a ver o Facebook?

48. João: A gente denúncia o cara por falsificação de documento. Ele colocou uns documentos falsos na história do Delegado Tobias. Como a gente quer publicar os sobrinhos do delegado, tem tudo a ver.

49. Thiago: 20 a 0, João. Parabéns! Que besteira, João, quem vai cair nessa? Não vão nem aceitar a denúncia.

50. João: Claro que vão, você não conhece o Brasil? Lógico que depois de um tempo arquivam e a gente lança o nosso livro. Vai dar certo e ainda a gente vai vender muito.

51. Cecilia: É maldade com ele.

52. Thiago: Também acho. João, tem um monte de jornalista que odeia o Ricardo Lísias, mas não é o nosso caso.

53. João: Não tem nada a ver com jornalismo, isso aqui. Ele não tem fama de inteligente? Ele vai resolver, a gente fica anônimo e sai nosso livro. Vai fazer mais sucesso que o 7 a 1. O cara não é campeão de xadrez?

54. Thiago: Parece que é outro boato.

55. Cecilia: Nossa, é muito boato. Tomara que acreditem que o nosso livro é verdade.

56. João: Já pensou? A gente marca o lançamento e ninguém aparece.

57. Thiago: Pessoal, não é assim. E ele pode ser meio louco, mas não criminoso.

58. João: Claro que não é. Vão arquivar, pessoal, não é possível, não vai andar um inquérito desse. Só para fazer o livro. Ele vai ter uma dor de cabeça, mas resolve.

59. Thiago: É mais fácil processar o cara por não escrever o grande romance sobre o Brasil.

60. João: Isso ele não vai escrever mesmo. Ainda bem.

61. Cecilia: Mas peraí, não é crime fazer uma denúncia falsa?

62. Thiago: Claro que é, precisamos repensar tudo isso.

63. João: Muito melindre. Não exagerem, vão arquivar logo, vai ser bom para o nosso livro e o cara vai ter como juntar os três sobrinhos do Delegado: a gente propõe publicar o inquérito.

64. Cecilia: Não sei, João.

65. Thiago: Melhor não, João.

66. João: Vamos pensar e ver se amadurece a ideia.

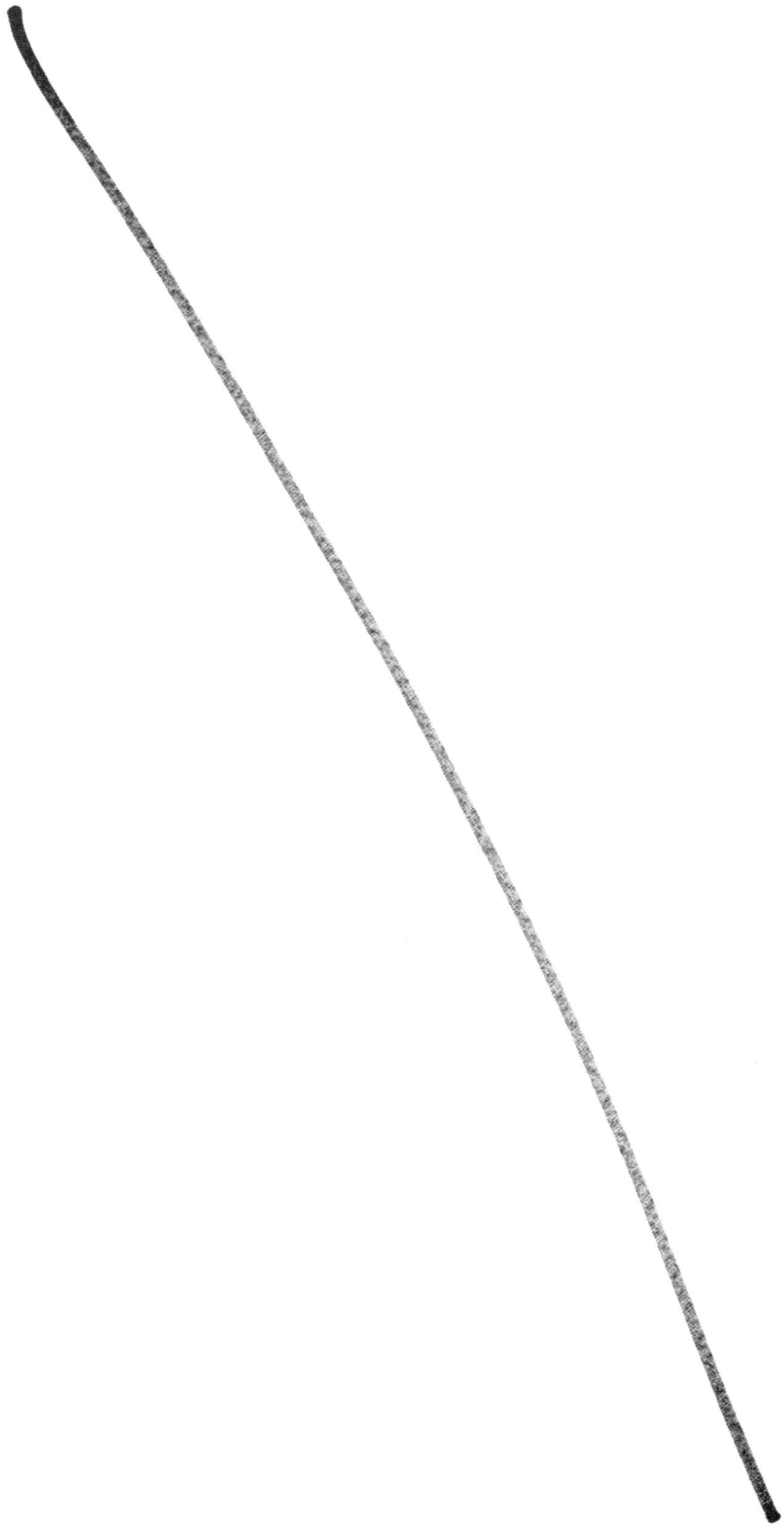

ANEXO 3

Notícia da *Folha de S.Paulo* de 9 de julho de 2014.

Com desconto de 70% em livros após derrota do Brasil, editora esgota estoque em três horas

DE SÃO PAULO

09/07/2014 12h39

Compartilhar 47 OUVIR O TEXTO + Mais opções

Ninguém esperava o massacre ocorrido no jogo desta terça (dia 8), mas poucos apostaram tanto na vitória do Brasil quanto os donos da Lote 42.

A pequena editora prometeu, em sua loja virtual, desconto de 10% em seus livros, durante 24 horas, para cada gol tomado pela seleção no jogo contra a Alemanha. Após a surra por 7 a 1, a editora manteve a promessa e deu 70% de desconto.

A superpromoção gerou intenso burburinho nas redes sociais. Três horas após o fim da partida, todo o estoque da editora, cerca de 2.000 livros, estava esgotado.

A Lote 42 vem fazendo essa promoção em todos os jogos do Brasil na Copa. Como a seleção não tomou mais que um gol nas partidas anteriores, os descontos não tiveram muita repercussão.

Em média, a editora não vende mais que 5 livros por dia em seu site.

"Nós somos uma editora pequena, com pouquíssimo espaço na mídia. Bolamos essa promoção para nos diferenciar. Estávamos confiantes, não tememos os riscos. O Brasil era favorito, não tinha tomado muitos gols. Mas então ocorreu aquela tragédia", afirma João Varella, um dos sócios da Lote 42.

Divulgação

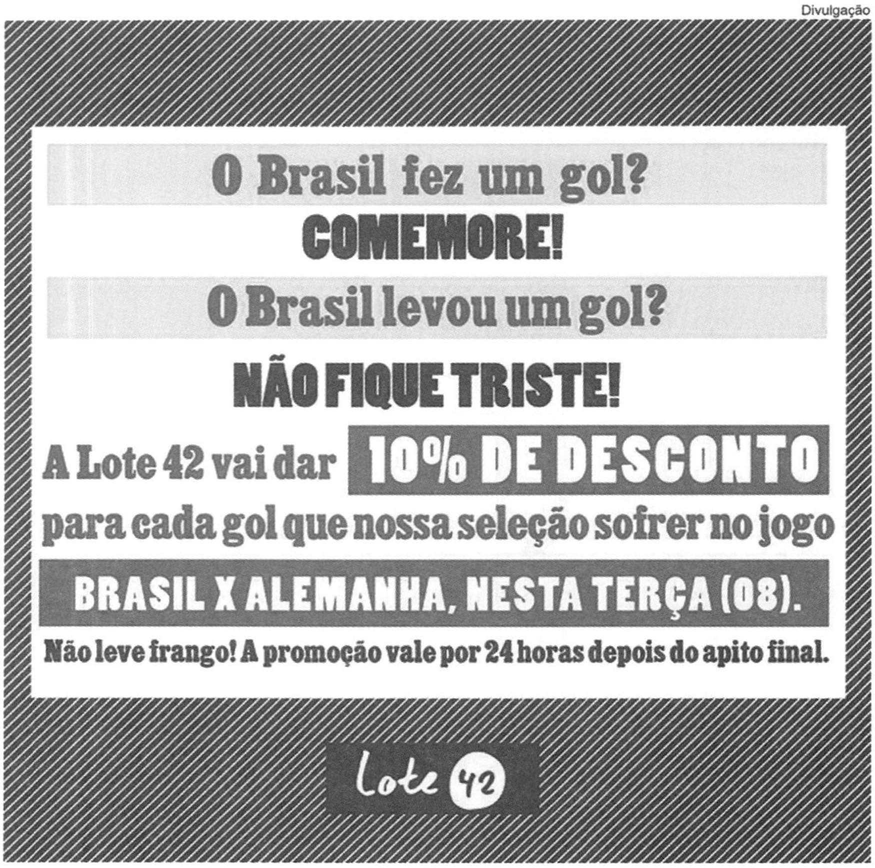

Editora Lote42 promete 10% de desconto a cada gol sofrido pelo Brasil na partida contra a Alemanha

Varella sentiu um frio na espinha e um prenúncio de má sorte logo que soube que Bernard substituiria Neymar na partida contra os alemães.

"Aí, em pouco tempo de partida, minha cabeça ficou um turbilhão. Até o 5 a 0 do primeiro tempo, eu pensava: dá para a editora encarar. Mas depois eles fizeram mais dois gols e a coisa apertou."

Varella diz que o prejuízo em alguns livros foi amplamente compensado pela visibilidade conquistada pela editora.

"Tivemos uma exposição fantástica. A marca Lote 42 ficou conhecida por muita gente. Até ontem de tarde, tínhamos uns 6.000 seguidores no Facebook. Agora são 33 mil. Para nós também foi uma goleada."

A Lote 42 foi fundada em março do ano passado. Já editou seis livros, entre eles "O Pintinho", de Alexandra Moraes (editora-adjunta digital da "Ilustrada") e "Indiscotíveis", organizado pelo jornalista Itaici Brunetti.

Nos próximos dias, a Lote 42 pretende recolher alguns exemplares das livrarias e distribuidoras para reabastecer seu site, o principal canal de vendas da editora. Também deve em breve encomendar reimpressões dos livros.

Para o jogo de sábado (dia 12), pela disputa do terceiro lugar da Copa, ainda não definiu se manterá a promoção.

"Vai depender se iremos conseguir recompor nosso estoque até lá. Mas principalmente vai depender da escalação do Felipão. Se colocar o Fred e o Bernard novamente, penso em reduzir o desconto para 5%", conta, aos risos, Varella. ★★★

ANEXO 4

E-mail de Thiago Blumenthal para Ricardo Lísias datado de 20 de setembro, nove (09) dias depois da conversa entre os três sócios da Lote 42.

De: Thiago Blumenthal <thiago@lote42.com.br>
Para: Ricardo Lísias <rlisias@yahoo.com.br>
Data: 20 de setembro de 2014, 15:03
Assunto: Crise

Oi, Ricardo,

Entendo a sua crise e também a sua aflição diante dela. Não se preocupe. Conversei com os meus sócios e achamos que podemos adiar bastante a entrega das histórias dos sobrinhos do Delegado Tobias. Que tal daqui a nove meses? Se precisar de mais prazo, me diga sem crise. Até lá com certeza a vida vai te oferecer muitas oportunidades para pensar, ter ideias e achar a maneira de unir em um suporte apenas as três histórias. Qualquer coisa, estou por aqui, me procure sempre que precisar.

Abraço do
Thiago

SERVIÇO PÚBLICO FEDERAL
MJ – DEPARTAMENTO DE POLÍCIA FEDERAL
SUPERINTENDÊNCIA REGIONAL EM SÃO PAULO
DELEFAZ/SR/DPF/SP

TERMO DE DECLARAÇÕES DE RICARDO LÍSIAS:

Aos 20 dia(s) do mês de junho de 2016, nesta SUPERINTENDÊNCIA REGIONAL – SÃO PAULO, em São Paulo/SP, onde se encontrava o Dr. JOSÉ ADÉLCIO FONSECA E SOUZA LIMA, Delegado de Polícia Federal, 1ª classe, matrícula nº 25.16579304679, compareceu RICARDO LÍSIAS, sexo masculino, nacionalidade brasileira, divorciado, filho de Sônia Aidar e José Fermino, nascido aos 07/07/1975, natural de São Paulo/SP, instrução doutorado completo, profissão Pesquisador na Universidade Federal de São Paulo, documento de identidade nº. 24176865-2, CPF 249.845.468-32, residente na rua Salvador de Edra 52, ap. 63, bairro Saúde, CEP 04055-010, São Paulo, SP. Inquirido a respeito da Notícia de Fato nº 123.376.2373849/2016-46: RESPONDEU QUE é o autor da denúncia, mas apenas no âmbito da ficção; QUE inquirido que âmbito seria esse, afirmou que o desse livro que o leitor tem em mãos, mas não uma Delegacia de Polícia Federal; QUE inquirido por que não, respondeu que isso deveria ser óbvio; QUE inquirido para responder apenas ao perguntado, olhou nervoso; QUE inquirido se tem a intenção de zombar das instituições brasileiras, olhou sério e respondeu que se incomoda muito com esse monte de quês; QUE inquirido por que então denunciou os sócios da editora Lote 42, insistiu que só fez isso na ficção; QUE inquirido por que fez isso na ficção, respondeu que é a solução para unir as histórias dos três sobrinhos do Delegado Tobias em uma única publicação; QUE inquirido se esse Delegado Tobias é o mesmo do IPL nº 0069/2015-1, que o levou pela primeira vez à Polícia Federal, respondeu que infelizmente sim; QUE inquirido sobre que família Tobias seria essa, respondeu que tem o maior prazer em entregar uma cópia da árvore genealógica a essa autoridade policial; QUE inquirido das razões desse prazer, respondeu que é essa a espinha dorsal de sua nova criação e que inventar coisas lhe dá grande prazer; QUE se não pode explicar melhor essa família Tobias, respondeu que não e que aproveita para entregar o material que produziu entre 2010 e 2015 sobre os sobrinhos e que acha isso suficiente; QUE inquirido se não deve aceitar que quem determina o que é e o que não é suficiente é essa autoridade policial, respondeu que em sua obra de jeito nenhum; QUE inquirido das razões disso, afirma que só ele decide o que deve entrar ou não em sua obra e de jeito nenhum a polícia ou a justiça; QUE inquirido dos motivos disso, afirmou que não aceita ser censurado; QUE inquirido se está tudo no ambiente da ficção, a censura não seria também ficcional, respondeu que de fato foi investigado por causa de um texto de ficção que publicou em 2014; QUE inquirido se não seria melhor voltarmos à denúncia atual, respondeu que sim; QUE inquirido se são suas personagens os sócios da editora Lote 42, como então João Cezar Varella apresentou-se de fato a essa autoridade policial, respondeu que é a mesma confusão que envolveu seu e-book Delegado Tobias: instâncias da justiça brasileira resolveram investigar obras de ficção; QUE inquirido por que não respondeu à última pergunta; pediu desculpas; QUE inquirido se não poderia respondê-la, afirmou que sim e respondeu; QUE inquirido se não achava sua resposta evasiva, afirmou que não e novamente ressaltou que o local da discussão é inadequado, bem como a própria autoridade policial para emitir juízo sobre sua obra literária; QUE inquirido se não acha que suas declarações podem caracterizar desacato à autoridade, respondeu que insiste no fato de que não deveria estar aqui; QUE inquirido se não desejava estar aqui, por que então acusou Cecilia Arbolave, João Cezar Varella e Thiago Blumenthal de denunciação caluniosa, respondeu que fez isso só no livro que o leitor tem em mãos, não em outra instância, como afirma já ter dito; QUE inquirido se está querendo ser preso, responde que sim; QUE inquirido por que deseja ser preso, afirmou que o fato de ter que outra vez vir a uma delegacia por uma obra de ficção parece mostrar que não tem jeito mesmo; QUE inquirido sobre o que é que não tem jeito mesmo, respondeu que isso tudo; QUE inquirido isso tudo o quê; respondeu arrogante que essas coisas; QUE inquirido se já fez tratamento psiquiátrico, afirmou não achar a autoridade policial adequada para esse tipo de questionamento também; QUE inquirido se julga que sua prisão se dará apenas no ambiente ficcional, respondeu que agora no Brasil acredita em qualquer coisa.

Nada mais foi dito nem lhe foi perguntado.

AUTORIDADE

ADVOGADO

DECLARANTE

ESCRIVÃ